1 coram

Published by arrangement with Marco Vigevani Agenzia Letteraria, Milano

Una versione precedente del capitolo *Le donne piú belle si vedono negli aeroporti* è stata pubblicata nel 2008 nei «Corti di carta» del «Corriere della Sera»

www.einaudi.it

ISBN 978-88-06-20958-2

Diego De Silva

Sono contrario alle emozioni

Einaudi

Sono contrario alle emozioni

agli impiegati
che sorridono al pubblico

I saw that friend of mine, he said:
«You look different somehow»,
I said: «Everybody's got to
leave the darkness sometime».

STING

a Emmanuelle Béart
in «Nelly et Monsieur Arnaud»

Neanche comincio a descrivergli com'era vestita che già mi ferma.

– Sa cosa? Mi sembra che questa storia non rappresenti affatto un problema, per lei.

«Andiamo bene, – penso, – manco ho iniziato e già *ti sembra?*»

– Come fa a dirlo, scusi?

– È il tono che usa. Sembra orgoglioso di sé.

Lo fisso. Ci metto un po' a riconoscere che è vero.

– Sí, in un certo senso lo sono.

– Ha visto.

Dio, come lo detesto quando ha ragione.

– Mi gratifica che lei mi ritenga all'altezza di abbordare una bellissima donna, – rilancio, sfrontato.

Mi guarda, inclinando appena il capo sulla spalla destra. Ed eccogli in faccia un bel sorriso soddisfatto.

– Molto bene, – osserva.

– Molto bene cosa?

– Considero un buon segno non vergognarsi della propria vanità.

Non so perché la sua risposta mi irrita.

– Posso chiederle una cosa?

– Certo.

– È proprio necessario che quello che dico abbia un contenuto problematico?

Lui mi scruta, non parla, ma è evidente che pensa: «Allora che cacchio ci vieni a fare qua, scusa tanto?»

– Certo che no, – mente, con impeccabile professionalità.

– Okay. Allora da oggi in poi verrò a raccontarle quanto sono felice e appagato. Che dice se porto anche un prosecchino?

Non parla. La mia battuta resta lí, un ingombro imprevisto piazzato al centro della stanza. Non mi piace il mio atteggiamento. E comincia a piacermi ancor meno il fatto di venire qui a scoprirlo.

– Perché è diventato cosí aggressivo? – fa lui, con interesse da ricercatore.

– Non so. Forse perché volevo semplicemente raccontarle una cosa senza che me la spiegasse prima ancora di sentirla.

Lui scruta l'aria e annuisce.

– D'accordo. La prego, continui.

– Semmai, «La prego, inizi».

Prende fiato. Le spalle si sollevano e ricadono su se stesse.

– La ringrazio della precisazione.

– Cos'è, adesso mi diventa aggressivo lei, Mr. Wolf?

Corruga la fronte.

– Prego?

– Wolf. Harvey Keitel in *Pulp Fiction*. «Risolvo problemi», non l'ha visto?

– Ah. Ma sí. Be', spiritoso.

Non ride.

Segue pausa.

– Comunque guardi che questa storia è un problema eccome, – dico.

– In che senso un problema?

– Nel senso che sto soffrendo.

– Sia piú esplicito.

– Cosa vuol dire?

– Non riesce a dormire, a lavorare, ha perso l'appetito, accusa un diffuso senso d'inutilità nelle occupazioni d'ogni giorno?

Lo fisso, mentre la stima per lui mi abbandona. Per comunicarglielo scelgo un linguaggio da dottorino permaloso, per il quale mi autospernacchierò piú tardi (nella polemica si diventa ridicoli, non c'è verso).

– Trovo riduttivo questo suo modo di sintomatizzare la sofferenza.

La mia pillola di saggezza evidentemente lo dissesta, perché si prende un bel po' di tempo per rispondere e, quando lo fa, si giustifica pure.

– Volevo solo che si spiegasse.

Torno all'attacco, ringalluzzito:

– Non voglio spiegare nulla, voglio raccontare.

Come un diretto alla mascella. Smette di guardarmi, si riempie d'ossigeno, emette un sospiro autocritico.

– Ha ragione. Le chiedo di scusarmi. Sono un po' nervoso, oggi.

Restiamo in silenzio venti secondi. Penso che sarebbe il caso di andarmene. Me lo dico piú volte, forse mi agito sulla poltrona lottando contro quell'impulso, non so.

Dovrei lasciare questa stanza, non va bene che racconti i fatti miei a qualcuno con cui sto a farmi le bucce sulle parole da dieci minuti; dovrei sentirmi immune da ogni ostilità, sereno nel dire quello che penso, e non preoccuparmi di accumulare punti a favore.

Lui non parla, non collabora, non mi spinge né ad andare né a restare, vuole che mi senta libero di fare come credo, e nello stesso momento in cui gli riconosco questa correttezza gliela svaluto: è cosí contrattuale la sua comprensione, cosí esplicitamente dovuta, siamo qui in forza di un patto, abbiamo un tempo che ci vincola e soprattutto un fine, ed è l'onerosità di questo rapporto la caratteristica che lo rende inevitabilmente inautentico.

La verità, che conosco anche troppo bene, è che non ho piú un amico a cui raccontare le cose che mi capitano. Che in giro non si trova piú niente di gratuito. E io sono cosí stanco di pagare tutto.

Ho incontrato una donna, molto bella. La precedevo alla fila del check-in, dovevo prendere un aereo per Verona. Stavo sentendo un pezzo con la cuffietta, lei s'è sporta in avanti con la testa, attratta dalla melodia della canzone, che poi era *Piano piano dolce dolce* di Peppino di Capri. Mi sono voltato, ho rinculato per la sua bellezza (somigliava vagamente a Emmanuelle Béart, ma molto piú decisa nei tratti) nel preciso momento in cui il pezzo faceva:

> E cerco di distrarmi e non pensare
> ho tanti inviti e dico sempre no
> Potresti farti viva all'improvviso
> e che diresti se non fossi qui

Al che lei ha spalancato gli occhi in segno di riconoscimento e mi ha riso in faccia.

Il fatto è che io ho questa passione ambigua per le canzonette italiane anni Settanta. Da quando si trovano su internet non posso farci niente, me le procuro tutte e poi le sento pure.

Per non fare figuracce (nel caso qualcuno mi chiedesse di dare un'occhiata alla playlist), aggiungo un po' di jazz (non mi piace il jazz), qualche chitarrista di nicchia tipo Preston Reed, *Synchronicity* dei Police e poi uno dei miei dischi preferiti in assoluto, *Second Contribution* di Shawn Phillips (che però non sento mai perché mi dà una malinconia tremenda), ma la verità è che quella che ho voglia di ascoltare da un paio d'anni a questa parte è la musica leggera italiana anni Settanta.

A motivarmi non è il gusto del trash, quella tendenza cafona che va tanto oggi, per cui si torna indietro nei decenni in cerca delle mode popolari scadute esibendo una competenza in materia manifestamente ipocrita allo scopo di mostrarsi spiritosi ed evoluti. È proprio che mi piace riascoltarli, certi pezzi. Gli arrangiamenti mi fanno tenerezza. Sarà perché mi ricordano la radio, che ne so. E poi mi diverto (nel senso che m'incuriosisco) a rileggere i testi. Ci penso su, proprio. All'epoca non ci si pensava mica, alle parole delle canzonette. Le si canticchiava e basta, e forse era giusto cosí: quando senti una canzone non stai mica a chiederti di che parla. È stato con l'avvento del cantautorato che abbiamo cominciato a fare i profondi e tutto il resto. Ma se uno li legge, certi testi di allora, e fa un minimo di confronto, si accorge subito che non erano mica peggio di quelle canzoni che ripetevano due volte la seconda strofa, se capite quello che intendo. Anzi, in molti casi non c'è neanche, il confronto.

Prendete, che so, *'A canzuncella* degli Alunni del Sole, oppure *Minuetto* di Mia Martini (che poi è di Franco Califano, ma lei la interpretava con una grazia struggente, ineguagliabile): sono canzoni che hanno delle parole di una tale spudoratezza nel lavare in pubblico i panni sporchi dell'amore, da farti letteralmente chinare la testa (un po' come se ti avessero confidato una cosa privatissima, di cui sai che dovrai avere cura); altro che certi seminari per voce e chitarra che a volte duravano (giuro) UNA FACCIATA INTERA DI LP e avevano la dotazione armonica di un carillon inceppato.

E questo per non parlare di altri intoccabili considerati anche molto fighi dalle adolescenti dei licei (soprattutto classici) dell'epoca (quelli, per intenderci, con gli occhioni alla *Ma perché nessuno mi capisce* che ogni tanto venivano evocati dalle compagne di classe con aggiunta di: «Ma quant'è bellino!»; al che tu guardavi in faccia gli amici e facevi: «Màh»), che scrivevano dei testi cosí ermetici da farti venire il sospetto che neanche loro ci capissero una mazza.

E comunque, quando la Emmanuelle Béart del check-in mi ha colto in flagranza d'ascolto di *Piano piano dolce dolce*, invece di dirle, come sarebbe stato giusto fare: «Cosa ride, imbecille? Si sente cosí al di sopra di Peppino di Capri?»; ho reagito da poveraccio, assecondando la mia innata tendenza alla subordinazione nei confronti dell'altro sesso, e con una coda di paglia di quelle che ti restano nel curriculum mi sono lanciato in una giustificazione pietosa dell'interesse squisitamente intellettuale che nutro per la musica leggera, con una tale abbondanza di argomenti (a un certo punto mi pare di aver citato Bach) che Emmanuelle, mossa a sincera tenerezza, mi ha detto, semplicemente:

– Guardi che non c'è mica niente di strano se le piace Peppino di Capri.

E meno male che proprio allora è arrivato il mio turno al check-in, per cui mi sono fatto assegnare il posto con una fretta totalmente immotivata (ero in anticipo di quasi un'ora sull'imbarco) e sono fuggito a gambe levate dalla coda senza neanche salutare Emmanuelle Béart, tuffandomi nella folla con la speranza che dimenticasse al piú presto la mia faccia (è incredibile che alla mia età si possano toccare ancora certi fondi).

Sono andato alla toilette a darmi una sciacquata ma non ho risolto un granché; allora ho ripiegato su un caffè lungo e sono rimasto al bancone del bar ad aspettare che la figura di merda mi si scollasse di dosso al piú presto.

Ogni tanto passava una donna che mi pareva potesse stare senza problemi sulla copertina di qualche rivista di moda. Non ho mai capito se le donne che mi capita di vedere negli aeroporti siano proprio come sembrano o sia la suggestione del luogo a farle apparire piú belle.

L'aeroporto, secondo me, è la scenografia ideale per una donna che vuol giocare con la sua bellezza. La situazione aeroportuale, con il viavai di gente indaffarata che la caratterizza, è quella ottimale per esibirsi, dal momento che l'esibizione piú riuscita è quella che non dà il tempo allo spettatore di soffermare lo sguardo. Perché è risaputo che le cose piú belle sono quelle che se ne vanno.

Una donna passa: tu fai appena in tempo a notare quant'è bella che già non la vedi piú. Ecco, se mi domandassero qual è il mio tipo di donna, direi che l'ho appena descritto.

Guardatela, una bella donna in aeroporto, quando tira fuori la carta d'imbarco, ripone la borsa da viaggio sul nastro prima di passare i controlli o usa gli occhiali da sole a mo' di cerchietto per assicurarsi i capelli all'indietro. Soprattutto, guardatela quando si toglie collane e braccialetti per non incorrere nelle paturnie del metal detector, e ditemi se non vi sembra di osservare una modella che sta facendo un provino.

Il fatto è che gli aeroporti condizionano la gente. Una persona che deve prendere un aereo non si comporta mica normalmente. Per quanto disinvolta possa sembrarvi, e si sposti da una sala all'altra come non ci fosse niente di strano nel trovarsi in quel posto, c'è sempre un po' d'autocompiacimento nella consapevolezza che fra un po' dovrà salire su un aereo.

Infatti, negli aeroporti senti in continuazione gente

che parla al telefonino dicendo: «Mi trovo all'aeroporto di, parto fra, salvo imprevisti dovrei arrivare alle», come se ci tenesse proprio tanto a ribadire i suoi programmi aerei ad alta voce.

Se dunque è notorio che uno che deve prendere un aereo si sente sempre un pochino importante, figuriamoci come deve sentirsi importante una bella donna che prende un aereo, specie se è cosciente del fatto che gli uomini intorno la stanno guardando e con ogni probabilità pensano: «Chissà dove va, una donna cosí bella».

Va anche detto che la particolarità dell'abbigliamento che le donne scelgono per questo tipo di scenografia (quella sapiente combinazione di ricercatezza e praticità che le fa sembrare leggerissime anche se si trascinano appresso un monolocale in forma di trolley), influisce in misura considerevole sul loro look.

Ma quello che piú di tutto mi attira, quello che proprio mi devasta di una donna da aeroporto, è il pensiero che non la rivedrò mai piú. E una donna che non rivedrai mai piú è bella per forza. Una donna che non rivedrai mai piú è tutta immaginazione. Una donna che non rivedrai mai piú è una donna a cui prometteresti qualunque cosa pur d'impedirle di andarsene. Sarà per questo che non ho lasciato andare Emmanuelle Béart (che poi si chiama Gigliola Imbriaco). E anche perché poco dopo mi hanno annullato il volo.

E insomma mentre sono lí a speculare gratuitamente sulla bellezza femminile negli aeroporti ricompare, giustappunto, Emmanuelle Béart. La individuo subito mentre scannerizza il pavimento come avesse perso qualcosa e anche lei mi nota, me ne accorgo da quel certo sveltissimo movimento dell'occhio che registra una figura e subito la occulta, per imbarazzo o semplice mancanza d'interesse. I battiti mi accelerano manco le dovessi dei soldi o che so io. Lei non si scompone neanche un po', individua quello che cercava e va a sedersi a un tavolino, tira fuori il cellulare dalla borsa e poi il cavo d'alimentazione, quindi mette il telefono in carica servendosi di una presa di corrente vicina.

Il vederla cosí esposta mi procura l'improvvisa quanto incontenibile angoscia che qualcun altro possa rimorchiarla, cosí elaboro un piano che lí per lí giudico abbastanza grandioso: mi precipito al negozietto di articoli da viaggio situato nella sala attigua, compro una presa multipla e torno indietro alla svelta.

Emmanuelle-Gigliola è sempre al tavolino che aspetta la ricarica intanto che sfoglia un dépliant o qualcos'altro. Poco distante c'è un buzzurro in doppiopetto che l'ha puntata; starebbe per partire all'attacco ma io faccio un po' d'autoventilazione e lo fotto sul tempo (un attimo dopo, con la coda dell'occhio lo vedo che digrigna i denti).

Quando le arrivo davanti, sovrastandola, Béart-Imbriaco alza la testa e mi guarda, per niente sorpresa dal mio ritorno.

– Permette? – chiedo.

– Dipende, – risponde.

«Spiritosa», penso.

– Che usi anch'io la presa elettrica, – spiego.

Lei abbassa lo sguardo per inquadrare la presa nel muro e lo riporta su di me, dubitando apertamente della mia intelligenza.

– Non mi pare che ci sia posto anche per lei, non trova?

– Oh, si sbaglia, – rispondo, furbissimo. – Ho l'abitudine di girare sempre con una multipla.

E tiro fuori il riduttore che ho appena comprato. Solo che proprio in quel momento mi accorgo che ho dimenticato di aprire la confezione, per cui le mostro la multipla ancora perfettamente sigillata, che guardo io per primo, allibito dalla mia coglionaggine, e lei mi scoppia a ridere in faccia per la seconda volta.

– Be', cosa c'è da ridere? – contrattacco penosamente.

Emmanuelle s'è dovuta imbavagliare con la mano, tanto deve avermi trovato divertente.

– Si è fatto tutto rosso, – osserva, uscendo dal rifugio delle dita.

Se vi dicono che siete arrossiti, anche se siete pallidi come cenci, garantito che diventate paonazzi.

– È che qui dentro fa un caldo tremendo, – mi giustifico, ventilandomi. La faccia mi scotta come se l'avessi appena estratta da un microonde.

Lei mi riguarda e si tocca appena la fronte, sbalordita dall'evidenza che non ne azzecco una.

– Se c'è l'aria condizionata, – obietta, e trattiene un'altra risata.

Datemi un tombino, vi prego.

– Forse è meglio che me ne vada, – sospiro, arreso.

Piú in là, il buzzurro in doppiopetto comincia a diventare ottimista. Sta liberando la iena che c'è in lui, colgo perfettamente il ghigno; ma proprio quando tutto sembra perduto, Emmanuelle, com'è tipico delle dive del cinema, ribalta i pronostici: diventa serissima (direi addirittura vagamente addolorata), solleva un braccio e mi posa una mano sul gomito, tirandomi delicatamente verso di sé.

Io la assecondo frastornato, e mi siedo. Mi viene in mente una strofa di Paolo Conte: «Carezza di una mano che semplifica».

– Gigliola.

Si accompagna con un sorriso che sembra dire *Non fa niente*.

Balbetto il mio nome, lei fa: «Come?», e devo ripeterlo

due volte prima che capisca. A questo punto il mio cuore fa le feste, ma piú che lei adesso guardo la iena, che è rimasta lí semiparalizzata, a vedere i suoi progetti andare definitivamente in fumo.

E niente, facciamo amicizia. Emmanuelle Béart riparte da Peppino di Capri, mi racconta che quella canzone la sentiva sempre sua madre, cosí faccio due conti e concludo che dobbiamo essere all'incirca coetanei (io e lei, non io e sua madre) e subito mi complimento dicendole che la media delle donne sotto i quaranta non è mica cosí bella e lei fa Grazie, speravo me ne dessi molti di meno, cosí m'imporporo nuovamente e mi esibisco in una coazione a ripetere di scuse goffissime che dopo un po' cominciano palesemente a seccarla, allora per recuperare cambio discorso o meglio torno al discorso su Peppino di Capri, e siccome ho bisogno di parlare a raffica, mi spertico in un'articolatissima recensione di *Piano piano dolce dolce*, cosí le ricordo che parla di uno che viene mollato dalla fidanzata e non esce di casa nella speranza che lei lo chiami e lo trovi in gramaglie ad aspettarla e lei mi guarda come a dire: «Ah, interessante», e io le dico Aspetta, se ci pensi un attimo quella strofa che dice: «Potresti farti viva all'improvviso | E che diresti se non fossi qui», è un anacronismo esemplare, certifica lo stato della comunicazione sentimentale negli anni in cui non avevano ancora inventato i telefonini: quale innamorato, al giorno d'oggi, resterebbe a casa nella speranza che la donna che l'ha lasciato lo chiami per accertarsi che non è uscito tanto sta soffrendo? Il cellulare ha rivoluzionato le abitudini amorose, le ha sprovincializzate: oggi, quando il tuo fidanzato ti telefona tu puoi mostrarti afflitta e disperata anche se sei a casa della tua migliore amica a sbronzarti e questo, negli anni in cui Peppino di Capri ha scritto quella canzone, era praticamente impensabile, era pura fantascienza, l'amore prima del cellulare ti condannava agli arresti domiciliari, il telefono era la tua catena. Il nostro modo di amarci – continuo – è stato profondamente modificato dalla tecnologia; va bene, questo lo sappiamo tutti, ma io ti chiedo: cosa c'è di piú efficace di una canzone d'amore per testimoniare il passaggio del tempo? Non sono forse le canzoni a conservare la sintassi dei sentimenti per anni e anni, e a restituircela in un momento, intatta, mentre canticchiamo distrattamente una strofa? Conosci per caso una forma di conservazione della memoria altrettanto potente, altrettanto corporea, sensuale e attendibile?

E lei mi sta a sentire fino in fondo senza interrompermi e poi fa Senti, ma ti pagano per pensare queste cose?, e io non so proprio cosa dire e a quel punto dall'altoparlante c'informano che il volo è stato annullato e in quel preciso momento io e Gigliola, che ormai mi ha fatto dimenticare completamente Emmanuelle Béart, ci guardiamo in faccia scambiandoci la consapevolezza che quella sera finiremo a letto insieme ed è proprio lí che andiamo a finire, infatti.

Nei due giorni successivi siamo stati da lei, uscendo di casa solo una volta per mangiare qualcosa e in una trattoria dietro l'angolo, fra l'altro.

Io, già dalla mattina seguente, avevo quell'impressione di sazietà, caratteristica quanto inattendibile, che t'induce a pensare di poter fare a meno del sesso a tempo indeterminato (è questo che si crede nelle prime 3-4 ore).

Mi sentivo alto e magro, fascinoso e di mondo. Benedicevo Peppino di Capri e continuavo a stupirmi della velocità con cui tutto era successo. Infatti quella notte ho avuto un episodio di pavor piuttosto imbarazzante che mi ha fatto zompare dal letto in cerca della porta (probabilmente mi si era ingrippato l'inconscio, disabituato a misurarsi con degli acchiappi cosí rapidi), al che Gigliola è venuta a recuperarmi in corridoio dicendo Che ti prende, mi stavi facendo venire un infarto, e io mi sono inventato una palla del tipo che avevo sognato di precipitare e lei ha detto che se mi ricapitava se ne andava a dormire in camera della bambina.

In quel periodo la bambina di Gigliola (perché Gigliola aveva una bambina di dieci anni) era dall'ex marito, c'era questa gestione condivisa che a lei faceva anche un po' rabbia, per via che la bambina non c'era verso di metterla contro il padre, cosa che Gigliola avrebbe tanto voluto e non si vergognava di ammettere, visto che se l'era cresciuta da sola senza l'aiuto di nessuno e soprattutto senza l'aiuto di quello stronzo (definizione sua), e quindi non le andava neanche un po' di fare quei discorsi del tipo *Nonostante tutto non è giusto privarla di un rapporto col padre*.

E insomma, per quanto poco sia durata, a me pareva che stessimo proprio bene insieme. Però in tutta onestà devo anche dire che fin dall'inizio ho avuto l'impressione che Gigliola lottasse contro l'attrazione che provava per me. Un po' come se si stesse prendendo una licenza, ecco. Ma è stato tutto cosí semplice, cosí giusto, cosí predestinato, che assecondare il corso delle cose sembrava quasi obbligatorio, se capite di cosa sto parlando. Infatti ancora adesso non posso non sentire una vampata quando ripenso al momento in cui siamo venuti via dall'aeroporto insieme.

Per questo ci sono rimasto come uno studente bocciato a settembre quando la mattina del terzo giorno (facevamo colazione in cucina; in quel momento stavo passando in rassegna con lo sguardo i pesci calamitati sullo sportello del frigo) mi ha detto che cosí com'era cominciata doveva finire, anzi era già finita.

– Perché? – ho chiesto a bocca mezz'aperta, mentre mi precipitavano addosso le torri gemelle della felicità.

– Perché non si può.

– E perché non si può?

– Che importanza ha il perché? Ti ho detto che è finita.

– Be', vorrei poter dire qualcosa anch'io.

– Non c'è bisogno che tu dica niente. Ti ho comunicato una decisione, non ti ho mica chiesto cosa ne pensi.

– Ah, cosí.

– Eh, cosí.

– Ma come, siamo appena all'inizio.

– Appunto. Non voglio che continui.

– E perché?

– Che fai, ricominci?

– Ho fatto qualcosa di sbagliato?

– Santo Dio, siete tutti uguali.

Al che m'è venuto uno sdegno incontenibile, perché bisogna avere la sensibilità di uno squalo bianco per accusare di scarsa originalità un povero cristo a cui hai appena detto di levare il disturbo.

– Be', senti: vaffanculo, – le ho detto alzandomi subito dalla sedia (è impossibile restare seduti quando si manda a fare in culo qualcuno).

Lei non mi ha neanche risposto, anzi ha abbassato lo sguardo quasi si fosse sentita mortificata per me, cosí mi sono immediatamente scusato, lei mi ha detto di non prenderla come un fatto personale, io l'ho supplicata un po', lei mi ha baciato per solidarietà, io ho piagnucolato per un altro quarto d'ora, lei non s'è commossa e poi me ne sono andato via con uno di quei sensi di colpa senza capo né coda.

I giorni seguenti, ma che vuoi lavorare. Che vuoi dormire. Che vuoi mangiare. Che vuoi uscire con gli amici. Me ne stavo agli arresti domiciliari, come nella canzone di Peppino di Capri. E se pure eravamo nel terzo millennio e dunque potevo beneficiare del telefonino e tutto il resto, non ci pensavo neanche a uscire di casa, nella speranza che lei chiamasse.

In pratica, contraddicevo vergognosamente la mia lettura volutamente anacronistica di *Piano piano dolce dolce*. Non solo volevo che Gigliola mi chiamasse, ma aspiravo a farmi trovare in casa affranto e senza prospettive: tutto quello che non sarei apparso se le avessi risposto dalla strada, con un sacco di rumori circostanti che avrebbero infastidito la comunicazione, fra l'altro.

E cosí realizzavo quanto fosse (non attuale, ma) definitiva la canzone del vecchio Peppe, pervenendo alla conclusione che la soggezione amorosa non ha nessuna speranza di affrancarsi dalle sue catene, e che non c'è tecnologia che risollevi dalle umiliazioni.

E poi, com'era ovvio che accadesse, al secondo giorno di silenzio telefonico è stata la montagna ad andare da Maometto; ma siccome Maometto non rispondeva al telefono (malgrado il conseguente, patetico tentativo della montagna di chiamare con l'anonimo), la montagna ha pensato bene di appostarsi con la macchina in doppia fila di fronte a casa di Maometto nella speranza di poterlo rivedere, sia pure di nascosto (era ridotta proprio male, la montagna).

Quando Gigliola è uscita dal portone, sono quasi sprofondato sotto il volante: non solo per quanto m'è sembrata stupenda (è incredibile come ti piaccia fisicamente una donna che non vuole piú saperne di te), ma perché era vestita per partire, cosa che ho capito prima ancora di notare il trolley.

Era tornata somigliante a Emmanuelle Béart, con i Persol che le occultavano il viso quanto bastava perché vedendola passare si pensasse: «Ehi, ma non è Emmanuelle Béart?», e quella fretta tipica delle attrici famose, che pare stiano sempre a sfuggire ai paparazzi in agguato.

Lottando contro una specie di Parkinson che mi aveva estemporaneamente aggredito le membra, ho avviato il motore e sono partito all'inseguimento del suo taxi.

«Dimmi che non è come penso», mi ripetevo riconoscendo la strada per l'aeroporto. Ero diventato tremendamente intuitivo, come quando ti sembra di essere vicinissimo alla verità e la prospettiva di aver ragione ti attrae proprio perché ti terrorizza.

Ho rischiato seriamente la rimozione, parcheggiando. Ma non perché avessi paura di non fare in tempo a raggiungerla (eventualità che infatti non tenevo in alcuna considerazione). Volevo solo affrontarla, tutto lí, e dirle quello che pensavo. E quando ho superato l'ingresso dell'aeroporto sono andato dritto da lei, senza neanche guardarmi intorno, con il navigatore sentimentale che mi diceva esattamente dove trovarla (sono fatto cosí: quando mi aspetto il peggio, gli vado incontro a braccia aperte).

Sulle prime è impallidita; ma ci ha messo un attimo a diventare ostile.

Mi sono seduto al tavolino accanto a lei, fissando con sufficienza il telefono in carica nella presa di corrente.

– Che vuoi? – mi ha chiesto.

– Piú niente, mi sa, – ho risposto, spocchioso.

– Allora vattene.

– Se no ti rovino i programmi, giusto?

Mi ha puntato il dito contro, sculettando sulla sedia.

– Sta' a sentire, imbecille. Il fatto che siamo stati a letto insieme non ti dà il diritto di seguirmi e tanto meno di farmi il predicozzo, chiaro?

Mi si è accorciato un po' il collo.

– Volevo solo capire perché mi avevi lasciato.

– E cosí adesso avresti capito.

– Be', insomma…

– Tu non capisci niente.

– Ah, grazie, – ho detto. E il peggio è che ho pensato che avesse pure ragione.

– Mi credi una puttana? Be', allora considerati fortunato, perché non hai speso un soldo, se non sbaglio.

– Non ho detto questo.

– Non ce n'è bisogno, ce l'hai scritto in faccia.

– Fammi capire: se non sei qui per rimorchiare uomini, come mai vieni all'aeroporto a ricaricare il telefonino? Non funzionano le prese di corrente, a casa tua?

Per un attimo, uno solo, le è venuto da ridere. Poi ha assunto un'espressione divisa – ma esattamente a metà, proprio – fra risentimento e malinconia, come le avessi ricordato una cosa a cui non voleva piú pensare.

Non era mai stata cosí bella. Avrei tanto voluto chiederle scusa, dirle quanto mi vergognassi di essermi intromesso nei fatti suoi, che sarei andato via immediatamente e non le avrei dato piú noia, se solo avesse smesso di guardarmi in quel modo.

– Ho quarant'anni. Ho bisogno di trovare un uomo che si prenda cura di me e della mia bambina prima che se ne vada il poco di bellezza che mi resta. Non faccio marchette perché non so farne. Hai visto, ti ho portato a casa mia. Perché mi è piaciuto.

– Senti, io…

Ma ormai era partita, e voleva farmi sorbire il concetto per intero.

– Ma non posso permettermi nessun intoppo. Non è mica la prima volta che vengo qui. Cosa credi, che dopo un po' che ti si vede in un posto non si capisca che ci vai a fare? Il barista con la chierica, lo vedi? Quello lí ha già cominciato a riconoscermi, per esempio. Devo trovare l'uomo che cerco prima che tutti si accorgano delle mie intenzioni. Non ho molto tempo.

Per un attimo m'è tornata in mente la iena, e mi si è gelato il sangue all'idea che potesse essere lui, l'uomo che Gigliola avrebbe voluto accanto. Cosí non ce l'ho fatta a tenere a freno la lingua.

– E non ti è passato neanche per la testa di prendermi in considerazione?

Mi ha guardato con dolcezza.

– Me l'hai detto che lavoro fai.

Ho abbassato gli occhi sul tavolino e non sono piú riuscito a rialzarli. C'erano un sacco di briciole, là sopra.

– Ascolta, – mi ha toccato la mano, – è stato bello. Veramente. Ma io ho dei problemi molto seri. Non posso piú permettermi certe cose, lo capisci?

Credo di aver fatto un cenno d'assenso.

Gigliola ha guardato verso il fondo della sala. Qualcuno doveva averla notata. S'è fatta un po' indietro sulla sedia e mi ha parlato a bassa voce, affidandosi alla mia comprensione:

– Lasciami lavorare, per favore.

Non ho detto niente.

Mi sono alzato, e sono andato via.

Mr. Wolf mi guarda con una certa inquietudine: probabilmente stiamo in silenzio da troppo tempo. Io non so cosa dire, mi fa un po' tenerezza seduto lí di fronte, in attesa che io sciolga la riserva.

– Ha ancora voglia di parlarmi della donna dell'aeroporto?

– Credo di no.

– Vuole che terminiamo la seduta?

Ci penso.

– Vorrei chiederle una cosa.

– Mi dica.

– Se una donna le fa un discorso totalmente antiromantico, tipo che l'amore per lei è diventato come l'eroina per i tossici, che al massimo li tiene buoni ma non gli fa piú fare alcun viaggio, che idea pensa si farebbe di una donna cosí?

– Non credo di volerle rispondere.

– E come mai?

– Intanto perché mi mette davanti al fatto compiuto. Mi rivolge una domanda che viene dal nulla. Di questa donna non so niente, però lei mi chiede un giudizio. E a me (questa è la seconda ragione per cui non voglio rispondere) non piacciono le domande che sollecitano giudizi. È come scegliere una busta.

Rifletto sulla non-risposta. Mi ritorna la stima.

– Non faccio che pensare a lei.

Stringe gli occhi.

– Lei chi?

Ho una caldana.

– Bella domanda, – ammetto, spiazzato.

– È un'altra la donna a cui pensa, non è vero?

Non rispondo.

E lui è cosí discreto da non infierire.

Per il momento, almeno.

– A ogni modo non mi sembra cosí a terra.

– Me l'ha già detto all'inizio.

– Sí. E non avrei dovuto.

Annuisco anch'io, approvando la sua, come si dice adesso, onestà intellettuale.

– Abbiamo esaurito il tempo, vero?

– Sí, ma non l'abbiamo sprecato.

Mi alzo.

Sto andando via quando mi viene da dirne un'altra:

– Però ha ragione. Non mi sento affatto a terra. Anzi, mi sembra di essere piú vivo del solito.

– Non è detto che sia un bene.

– Cosa?

– Ci vediamo mercoledí, Vincenzo.

– Lei ha uno scompenso tra la sfera razionale e quella emotiva. La prima la governa, ma ha un controllo insufficiente sulla seconda. Non decodifica le sue emozioni, non le sente arrivare, non le anticipa. Semplicemente le subisce. Quando le vengono addosso, è del tutto impreparato ad affrontarle. E quelle la investono, come farebbe una macchina, o un camion.

Meglio un tre ruote, avevo pensato.

– A quel punto, si rialza e fa quel che può. Quello che può fare un uomo che è appena stato investito, cioè ben poco. Ecco, lei deve riuscire a difendersi dalle sue emozioni. Deve imparare, per cosí dire, ad attraversare la strada. Ad arrivare dall'altra parte tutto intero, e a farlo con naturalezza, senza esitazioni, senza rallentare né precipitarsi, tenendo un passo costante. Altrimenti le sue emozioni continueranno a prenderla in pieno, e lei ne sarà sempre travolto. E il problema di quel tipo d'incroci è che non hanno semafori, capito com'è?

Qui m'ero fatto vedere spiazzato, come se quell'analisi impietosa mi avesse colpito nel profondo.

Ehi, dottorino, avrei voluto dirgli. Se solo venissi a sbirciare nel mio computer e ti rendessi conto della quantità di file che ho prodotto sull'argomento, ci penseresti due volte prima di pronunciare quella parola con tanta leggerezza con il sottoscritto. Sono un'autorità in materia, io.

Okay, che sono un'autorità in materia me lo dico da solo, ma questo è un dettaglio. Diciamo che non m'interessa la divulgazione. Però sulle emozioni ho scritto abbastanza da aprirci un blog, se non li detestassi, i blog.

Comunque potrei insegnarti persino qualcosa, credo. E magari ridimensionartela un po', quella categoria su cui fondi gran parte del tuo lavoro. Ma non mi va di fare beneficenza, tanto meno a te, visto che ti pago.

– Ha un bel po' di lavoro che l'aspetta, e dovrà fare tutto da solo. Si prepari.

Da solo? Ma come da solo?, avevo pensato, smarrito come un portafoglio fra i cespugli. Allora che ci vengo a fare qua?

– Ci metterò molto? – gli avevo chiesto.

Non mi piace sapere che le cose dureranno a lungo, specialmente quando cominciano.

Lui era rimasto in silenzio a fissarmi. Secondo me, guardare in faccia i pazienti senza parlare è la parte del lavoro che gli piace di piú.

– Perché me lo chiede?

Oh santo Dio, mi ero detto, ma sarà sempre cosí? Faremo questo siparietto del «Perché me lo chiede» ogni volta che gli rivolgerò una domanda? Mi verrà l'ansia da punto interrogativo?

– Vorrei semplicemente saperlo.

– Ha fretta?

– No, è che quando prendo un treno chiedo a che ora arriva, di solito.

E qui c'era stata una pausa, gli si era un po' allentata la mascella. Infatti aveva intrecciato le dita per poi usarle come leggío per il mento. Postura un po' sputtanata, la verità.

– Bella risposta.

– Sapevo che le sarebbe piaciuta.

– Ma non le serve.

– In che senso.

– Lei sa benissimo, forse anche meglio di me, che non sono in grado di dirle quanto impiegherà ad acquisire il controllo delle sue emozioni. Le dico di piú: dentro di sé mi darebbe del cialtrone se azzardassi una previsione. Però voleva rispondermi a tono e guadagnare un punto. Bene: c'è riuscito. Ma mi dice cosa se ne fa, adesso?

Cazzo, avevo pensato.

– Niente, – avevo risposto.

Lui aveva sorriso. E senza supponenza, oltretutto.

Altra pausa.

– La fa spesso questa cosa?

– Quale cosa.

– Questa di dare una bella risposta che non le serve.

– Non la seguo.

– Sí che mi segue. Parlo del voler piazzare la battuta, ben sapendo che non cambia le cose.

– Uuh, – avevo risposto. Cosí, di getto.

– Che vuol dire Uuh?

– Vuol dire sempre.

– Bene. Bene. Bene.

E qui s'era buttato all'indietro sullo schienale della poltrona, proprio disteso.

Non so perché, ma quel «Bene. Bene. Bene», tutto in paratassi, mi aveva un po' rassicurato. Cosí avevo deciso di concedergli almeno un altro paio di sedute. E stavo quasi per rivelargli come la pensavo riguardo alla faccenda delle emozioni, visto che m'ero sentito un po' cretino, prima, a non rispondere.

Poi mi sono detto E perché? Non era mica un dibattito, che dovevamo scambiarci delle opinioni.

Una volta, in tram, mi ricordo ancora il punto esatto del percorso, mi ha preso tutta un'insofferenza verso il genere umano, con cui a un bel momento avevo deciso di non voler avere niente a che fare. Cosí ho tirato fuori l'MP3 dallo zaino (che è già una cosa che mi secca molto, perché togliere un oggetto dallo zaino, non sembra, ma è impegnativo), infilato la cuffietta e mandato qualche pezzo in sequenza, nel tentativo di sottrarmi a quella specie di claustrofobia del prossimo.

Ah che meraviglia, ho pensato, rieccomi nella mia bolla acustica, e guardala lí, l'umanità, che fa tutte le sue cosine ignorando la mia colonna sonora. Mi sento come Hank Moody in *Californication*, mi sento.

Ma dopo tre o quattro canzoni mi sono detto Aspetta un attimo. Che sta succedendo, qua? Dentro la bolla, intendo. Un momento fa mi sentivo tutto dolciastro. Guardavo nel vetro rigato dalla pioggia (io non guardo mai nei vetri rigati dalla pioggia) e mi commiseravo a vanvera, accartocciando ogni tanto le labbra in un sorriso stupidamente infelice, genere *Ma perché non te l'ho detto quando potevo*. Durante il pezzo precedente, poco ci mancava che soffocassi un singhiozzo. Quello ancora prima, una specie di rancore, che tuttavia non avrei saputo contro chi dirigere. È una depressione manierata, in grado di scatenare la composizione di poesie ignobili seduta stante.

Da un minuto sono diventato cosí brillante che morirei dalla voglia d'intervistarmi, se fossi un giornalista (ma già mi pare che qualcosa stia cambiando).

Al che ho pensato Scusa eh, ma a cosa ti stai prestando? Perché rimani qui seduto a permettere a tutte queste emozioni di attaccarti in branco, neanche ci fosse qualcosa di nobile nel lasciarsi sopraffare in questo modo? Guardale, ogni canzone se ne porta un gruppetto in gita. Malinconia, entusiasmo, piccoli brividi di freddo non spiacevole, picchi gratuiti d'autostima, bigiotteria di felicità, desiderio improvviso di prendersi un cane, desiderio improvviso di contribuire al risparmio energetico, nostalgia delle polpette della nonna, ricordi che si sollevano come zombie e vengono a chiederti l'elemosina a tanto cosí dalla faccia: un piccolo esercito di stati d'animo che ti prendono per un parcheggio e se ne stanno lí in fila ad aspettare il loro turno.

Oh, ho detto, e basta! Ma chi credete di essere? Chi vi conosce? Delle vecchie bacucche scongelate, ecco cosa siete. Sempre lí a imbellettarvi, a riproporvi, a toccare dove non dovreste. Stavo solo cercando di disertare dalla razza umana per un po', non c'era ragione di sentirmi prima nostalgico, poi entusiasta, poi deluso in amore, poi felice e tutta quella gamma di sfumature lí. Io lo butto questo cazzo di MP3. Detesto le canzoni che ci ho messo dentro. Mi piacevano tanto, santo Dio, alcune ci ho perso le giornate per imparare a suonarle, da ragazzo: com'è che adesso mi sembrano dei sofficini? E piantatela, una buona volta, di stare sempre a ingentilirci l'animo. Diteci qualcos'altro. Oppure lasciateci in pace. Che se non ci emozioniamo stiamo bene lo stesso.

Sapete che c'è di nuovo? Che da oggi smetto di sotto-pormi alla stimolazione emotiva procurata per via artistica. Se lo scopo della musica è quello di sollecitare emozioni che uno per conto suo non proverebbe, tenetevela pure, la musica. Ridatemi un'emozione secca. Lasciate che mi devasti ogni volta che la lingua di mia figlia fa capolino mentre scrive seguendo il rigo del quaderno. Che mi go-da l'immensità di un pomeriggio di noia. Che guardi un tramonto senza provare assolutamente nulla. Che mi di-spiaccia lasciare solo un albero. Che mi conceda il piace-re di una piccola pratica autolesionistica scegliendo fra le molteplici varietà disponibili sul mercato e ne stabilisca la dose giornaliera. Che passeggiando per il lungomare della mia città di domenica mattina presto, mentre vengo co-stantemente superato da cinquanta/sessantenni ansimanti in pantaloncini e canottiera (ma cosa corrono, dove van-no, con chi competono, quali aspirazioni coltivano per in-fliggersi una simile sofferenza?), a un tratto capisca che cinque righe sarebbero uno spazio piú che sufficiente a raccontare la mia vita fin qui, e che il poco che ho fatto e sono mi basti. Ristabiliamo il primato di un'emozione anarchica, irriproducibile, inclassificabile, su cui non si possano accampare diritti, specialmente d'autore. Di una strizza estemporanea che non c'entra niente con le contin-genze, ma quando viene non la dimentichi piú (perché è tipico delle strizze che non c'entrano con le contingenze non farsi dimenticare; e meno c'entrano, piú strizzano). Della compostezza di un dolore vero. Dell'inconfondibile caldana che segue a una figura di merda. Dell'incomunica-bilità di una cosa importante. Della ricerca del modo per dirla. Dell'indescrivibile sazietà che provi quando capisci in pieno il significato di una parola, e impari esattamente dove metterla. Allora ti sembra che il mondo, ma proprio tutto, diventi una cosa che si apre e si chiude (e quindi, all'occorrenza, si aggiusta).

E poi vorrei dire un'altra cosa, già che ci siamo, su queste emozioni di cui tutti si riempiono la bocca appena possono: ma se intorno c'è cosí tanta gente che non vede l'ora di emozionarsi, che considera questa imprevedibile alterazione affettiva come il piú fortunato degli incidenti che possa capitarle, tanto da augurarselo o andarne addirittura alla ricerca, com'è che ci sono tante cause condominiali in giro? E fra l'altro, la gente non aveva perso la fiducia nella giustizia? Come lo spieghiamo, scusate tanto, in un popolo d'inguaribili romantici naturalmente dotati di empatia (perché poi l'emozione altro non è se non l'adesione a un'emozione altrui, e quindi un sintomo di appartenenza a una specie), un attaccamento cosí diffuso alla questione di principio?

Per un fottutissimo sorpasso, per dirne un'altra, anche la persona piú mite libera una combattività, una ferocia, una passione, una paranoia da sopraffazione su cui non è disposta a transigere per nessuna ragione al mondo che non sia la propria. La macchina non è un mezzo di trasporto: è un avamposto di legalità, un luogo di rivendicazione ideologica, un territorio. È diritto privato che deambula liberamente, in concorso con altri diritti privati a quattro ruote che pure deambulano, ognuno maledettamente pieno di sé.

L'ansia da sottomissione che sta dietro questa concezione antagonistica dell'automobile, il rifiuto preventivo di soccombere alla prepotenza degli altri, non può che partire dal presupposto che gli altri siano stronzi. Che io sia stronzo, per fare un esempio a caso. E quanto può emozionarsi uno che pensa una cosa cosí? Anche avesse ragione, dico.

E poi c'è quello che ascolta la musica in macchina, e mentre s'intenerisce il cuore sulle note del pezzo che ha selezionato in attesa del verde, pensa che se lo stronzo nella Golf accanto crede di fregargli il posto che ha visto prima di lui, ha capito proprio male, ha capito.

Io dovrò anche imparare ad attraversare la strada, ma se le emozioni sono una specie di patrimonio dell'umanità, qualcuno dovrebbe spiegarmi perché si ricorre cosí spesso alla testimonianza per dimostrare che esistono.

Guardate (nel senso di Guardate un po') i telegiornali.

Impiegano un sacco di risorse per fare promozione emotiva, accanendosi sulla gente emozionata perché racconti le emozioni subito subito, insomma s'immaginano tutt'un pubblico di scettici che ha bisogno di emozioni con certificato di autenticità, e cosí le emozioni diventano come le madonnine sparse per la penisola, che ogni tanto piangono e rispolverano la fede di chi nel frattempo s'era distratto.

Come spieghereste altrimenti l'insistenza spudorata degli inviati sul luogo di una scampata tragedia che piazzano il microfono davanti alla bocca dei poveri cristi che non hanno ancora capito se sono salvi o no? Quella di molestare i sopravvissuti facendogli domande stupide è una pratica che mi lascia ogni volta sbalordito, come mi trovassi davanti a un'apparizione ricorrente, di tipo ufologico piú che mistico.

Il campionario delle perle di buongusto sfoggiato in questi casi va dalla sempreverde: «Cos'ha provato in quel momento?», a variazioni piú specialistiche (quelle che ti lasciano con la forchetta a mezz'aria quando il telegiornale te le rifila mentre pranzi), tipo: «Cosa vorrebbe dire all'uomo che ha cercato di violentare sua figlia?»; a chicche esclusive in edizione numerata, da schiattamorto incarognito che vedendo naufragate le proprie aspettative di sciagura cerca nostalgicamente di evocarle.

Qualche esempio:

«Accidenti, è ridotto davvero male»;

«Ha ancora fiducia nel prossimo?»;

«Mentre la casa le crollava addosso, le è venuto in mente che non sarebbe piú riuscito a comprarsene un'altra?»;

«Pensa che riuscirà a trovare un altro lavoro, ora che quasi certamente perderà l'uso delle gambe?»;

«Stavolta è andata bene. Ma se succedesse ancora?»

Ce n'è anche per i baciati dalla sorte, cui tocca la versione delatoria:

«Cosa farà dei dieci milioni di euro che ha appena vinto? Non ha paura che arrivi la camorra a chiedergliene un po'? In che paese abita, scusi?»

(Ma a voi non sembra un oltraggio al pudore la caccia al vincitore della lotteria Italia in cui i telegiornali si accaniscono all'indomani dell'estrazione dei biglietti? Non si vergognano, *loro*, di mostrare cosí apertamente i propri sentimenti? Ma cosa si aspettano, che rendendo pubblico il nome del destinatario di un'epocale botta di culo, la gente che lavora per vivere pensi: «Oh ma che gioia, come sono felice per lui, speriamo che si compri tante cose belle»? O che sui taglieggiamenti all'ordine del giorno la camorra apra la riunione annunciando: «Però questo qui lo lasciamo in pace, eh?»)

Okay, qualcuna l'ho inventata, ma solo per dire come questa coazione alla domanda molesta risponda a un'emergenza nevrotica di raccontare le emozioni, di riferirle in forma di testimonianza viva (meglio ancora se in fin di vita) prima che si faccia in tempo a elaborarle. Tipo affrettarsi ad acchiappare una cosa che si muove prima che se la svigni. Come se, nel tempo immediatamente successivo a una disgrazia, avvenuta o sventata (meglio se avvenuta ma con superstiti), o a un'oltraggiosa fortuna (ehi, è la prima volta in vita mia che cito il vecchio William!), la narrazione emotiva dell'accaduto resa dalla voce ancora ansimante del protagonista fosse giornalisticamente piú interessante del fatto in sé. Come se le emozioni scontassero un pregiudizio ontologico. Bisogna rassicurare il grande pubblico che c'è gente che le prova davvero, ostenderle come la Sindone.

Ovvio che, in questa prevalenza della traccia sulla sostanza, il fatto passi (neanche in secondo piano, ma) all'ammezzato, diventando pre-testo. È l'emozione, la vera notizia. Che va presa in flagranza, come un ladro neanche professionista.

Lo stesso vale per le madonnine che piangono, di cui, con rispetto parlando, si diceva all'inizio. La notizia sono i pellegrini in trasferta, la corsa al noleggio dei pullman, lo shock emotivo conseguente all'avvenimento soprannaturale che riattizza e ricompatta la fede, mica l'avvenimento soprannaturale in sé, che dal punto di vista mediatico è diventato una specie di replica.

Il fenomeno ricorrente della lacrimazione divina trova ospitalità nell'immaginario comune perché restituisce un senso familiare del sacro. Umanizza il divino, letteralmente lo commuove. Per questo rifugge dalla conferma scientifica e si fonda essenzialmente sulla testimonianza. Per questo preferisce luoghi periferici (a volte sperduti) per manifestarsi, ed è tanto piú capace di richiamare popolo credente quanto piú si distanzia dai grandi centri. La lacrima del santo scolpito su pietra o legno non produce turismo religioso d'élite ma decentra il fedele, gli organizza trasferte improvviste verso luoghi inediti, secondari, portandolo al cospetto di monumenti minori e obbligandolo a inventarsi liturgie proprie.

Il credente che, mosso da lacrima sacra, si allontana da casa nella speranza di vederne l'alone, non parte per sentire messa, ma per dirla.

Niente male la chiusa, eh? Io vado pazzo per questo tipo di chiuse. Quelle, per capirci, che riducono a una battuta elementare la complessità del discorso che le precede. Un po' come se volessi farti perdonare di averla fatta lunga. E cosí la fai piccola per farla piú grande, ecco.

Lo so che qualcuno potrebbe obiettare: «Ma se era cosí semplice da dire, perché non l'hai detto subito?»; ma io potrei rispondere: «Eh, perché. Potevi dirmelo che andavi di fretta».

Volendo, potrei anche aggiungere che il doppio registro (alto / apparentemente basso) è una modalità logica che rivela la coabitazione di due anime: una intellettuale, che si fa un sacco di problemi e si compiace di sguazzarci, e una operaia, che li risolve. E che nel duetto in questione è la prima che fa da spalla alla seconda, prendendosi tutto l'applauso.

Ma figuriamoci se un pensiero del genere vado a dirlo a Mr. Wolf, specie dopo che mi ha trattato come un mezzo deficiente.

Anche se vorrei tanto, la verità, metterlo a sedere per un po' e vedere la faccia che farebbe se gli leggessi quest'altra.

Il fatto che una signora sui settant'anni portati neanche male e decisamente ben vestita ti arrivi alle spalle mentre cammini per i fatti tuoi sussurrandoti all'orecchio una frase in modo che tu non capisca cos'ha detto, e proprio per questo ti costringa a voltarti, per mostrarti subito dopo una tessera rettangolare che potrebbe anche essere l'abbonamento del pullman (ma giusto un attimo, il tempo d'impedirti di posare lo sguardo: il vecchio sistema che si usa nei film americani per passare da poliziotti), con sopra la foto di un tipo che sembrerebbe suo marito, o almeno tu cosí capisci, e poi si porti una mano alla fronte mimando un'emicrania da disperazione dovuta a una scomparsa prematura e recente – senz'altro quella del marito raffigurato nella fototessera, che a quel punto funge da certificato di autenticità dell'atto (inteso in accezione teatrale) – e quindi si cimenti in una spremuta di lacrime intervallata da singhiozzi piú o meno composti mentre ti mitraglia con una raffica di parole che non riesci a mettere insieme per risalire a un antefatto sintatticamente comprensibile ma di cui capisci subito lo scopo, è proprio spiazzante. Perché è chiaro che uno che si umilia davanti a te devi fermarlo in qualche modo. Specie se ha una certa età.

Io, quando questa signora mi ha scelto per strada per offrirmi la testimonianza piangente dei suoi guai, non le ho creduto manco per niente, la verità. Però un po' di soldi glieli ho dati lo stesso, piú che altro per farla smettere. E non è che non sia stato generoso, anzi. Solo che lei non era mica soddisfatta. Infatti s'è allontanata senza neanche ringraziarmi.

Sono rimasto lí, a riassumere l'accaduto cercando di stringerlo in uno schema che avesse un minimo di coerenza (quando subisco, faccio sempre queste ricostruzioni cronologiche, manco poi mi facessero sentire meglio).

E cosí ho concluso che la desperate housewife non solo mi aveva chiesto di rispettare la sua privacy di borghese caduta in miseria, ma nell'offrirmi il trattamento personalizzato ne aveva fissato anche il prezzo, delegando l'onere della quantificazione al mio senso di colpa (dunque, giocando al rialzo).

E insomma, facevo di questi pensieri. Anche se ormai non servivano piú a niente (il senno di poi – l'unico che mi ritrovo – è un premio di consolazione).

Qualche giorno dopo l'ho rivista, la desperate. Ero con un amico. Aspettavamo il verde a un semaforo: impossibile svignarsela. Lei ha puntato dritto a lui. Stesso numero dell'altra volta (abbonamento pullman, mano alla fronte, piagnisteo che non si capiva, ecc.). Il mio amico tira fuori il portafogli, praticamente lo svuota. Oh mio Dio, penso. Lei, che non ne ha ancora abbastanza, passa a me. Lo so che si ricorda, l'ho capito da un certo particolare modo in cui ha stretto gli occhi quando s'è avvicinata. Solo che questo non la trattiene dal tentare il bis.

Io la guardo come a dire: «Ehi, ci si rivede».

Mi aspetterei un cenno di gratitudine per aver lasciato che abbordasse il mio amico senza intervenire. Lei invece mi fissa con un risentimento da salotto, manco mi stesse rimproverando un'imperdonabile mancanza di discrezione.

Come se, nel non aver finto di non conoscerla, fossi venuto meno alla mia parola di gentiluomo.

Questa cosa, però, la capirò piú tardi, alla prossima ricostruzione. Lí per lí, invece, mi chiedo cosa ho fatto di sbagliato.

Tranquillo. Non è niente. Respira.

Piano. Non c'è bisogno di correre. Tira fuori le chiavi. Ecco, cosí.

Piantala, okay? Lo sai com'è che va.

Oh. Allora? Devi solo dare una mandata in senso orario. Bra-vis-si-mo.

Cosa t'incanti, adesso. Entra, no?

Tutto intorno sbiadisce e perde consistenza? E lo so.

Batte che pare un conto alla rovescia? E lo so.

Senti già i corvi che svolazzano? E lo so.

Cantiamo, vuoi? *Rumore* della Carrà, ecco. Che sono settimane che non pensi ad altro e non ti fai capace che nessuno si sia soffermato attentamente sui testi delle sue canzoni e la portata avanguardistica del personaggio.

> Nana, nannanana
> Nannana, nana, nana, nannana, nannana
> Hee
> Nana, nannanana
> Io da sola non mi sento sicura, sicura mai
> mai mai mai
> e ti giuro che stasera vorrei tornare indietro al tem

Nemmeno, eh?

Allora mettiamola cosí: non è meglio morire in casa invece di stramazzare sulla porta? T'immagini che scena, la signora Fedullo che esce dal suo appartamento, magari bi-

godinata e con le Crocs pezzotte, per mettere fuori la spazzatura, ti trova agonizzante sullo zerbino e prende a stril-
lare come un'ossessa, e tu che dal pavimento realizzi che
quella sarà l'ultima voce che sentirai? Vuoi davvero conclu-
dere la tua saga terrena con una sigla di coda del genere?

Okay.
Ce l'abbiamo fatta.

Sono stato investito?

Rumore (1974, di Ferilli - Lo Vecchio) è uno dei grandi successi di Raffaella Carrà, forse il piú ballabile della sua discografia. Racconta le fobie serali di una donna single e la sua fatica di adattarsi all'indipendenza dopo la fine di un amore.

Nella canzone, la percezione di un rumore in casa di cui la donna non sa spiegarsi la fonte diventa motivo di resa incondizionata a una paura ancestrale (di cui quella dell'intrusione di un malintenzionato è soltanto un aspetto), e insieme l'occasione per ridiscutere una scelta d'autonomia che comporta, fra le altre rinunce (se non in primis), quella alla tutela maschile.

Il tema della paura che assale e colpevolizza finisce cosí per asservire il brano ai suoi scopi narrativi, costruendo una sorta di sintomatologia musicale dell'ansia. Il pezzo è infatti caratterizzato dalla ripetizione nevrotica, tendenzialmente infinita, di un monosillabo cantato da un coro femminile che, come in un rituale ossessivo, supporta la voce solista al battere di un tempo perentorio, tachicardico, tipicamente dance, in palese avanguardia rispetto ai canoni della musica leggera dell'epoca.

Fin dalle prime battute, *Rumore* ingaggia una sorta di corpo a corpo con l'ascoltatore, inchiodandolo a un tempo che non ammette variazioni e obbliga a soccombere alla tirannia del ballo. È praticamente impossibile resistere alla tentazione di muoversi, non assecondare gli implacabili colpi di cassa confermati dal basso elettrico che insiste altrettanto compulsivamente su una sola nota, evocando la pulsazione della paura sofferta dalla protagonista e giocando a un raddoppio ritmico che costringe il corpo a un riflesso d'ubbidienza, quasi ci si sentisse spinti alle spalle, come se il pezzo, per cosí dire, istigasse a buttarsi nella mischia.

E sí che in uno scenario musicale egemonizzato dalla melodia, dove le canzonette abbondavano d'archi e le percussioni rimanevano rigorosamente sullo sfondo, proporre un pezzo dove il tempo faceva da padrone e gli strumenti melodici svolgevano un lavoro impiegatizio ai margini della ritmica, deve aver costituito una provocazione artistica al limite dell'affronto.

Per non dire del testo. In quale altro brano di musica leggera italiana il sentimento della paura è stato rappresentato in una versione cosí antimetaforica e organica? Nelle canzoni d'amore, la paura è sempre paura della fine dell'amore, dell'abbandono, della solitudine: mai la paura realistica, concreta, di un male in sé (e non è un caso che un altro successo della Carrà, uscito esattamente un anno dopo, s'intitoli proprio *Male*), magari impersonato da un rapinatore con un passamontagna che entra di notte in casa di una donna sola (spiegherò tra poco il perché di questa figura cosí precisamente descritta nell'abbigliamento). La paura nelle canzoni d'amore è paura della perdita della persona amata come completamento affettivo del sé, non della mancanza dell'altro (da intendersi in accezione rigorosamente maschile) in funzione di guardia del corpo.

Da questo punto di vista, *Rumore* compie un'operazione antiromantica e controculturale: rompe il nobile pregiudizio che accompagna, nobilitandola, la paura nelle canzoni d'amore (e perciò la esorcizza), per riconsegnarla alla piú autentica dimensione dell'angoscia.

Priva d'ogni freno inibitorio, la protagonista della canzone si consegna mani e piedi al timore dell'aggressione notturna rimpiangendo la fine di una storia che le garantiva protezione e sicurezza:

> Mi è sembrato di sentire un rumore
> È sera
> la paura
> io da sola non mi sento sicura
> sicura mai
> mai mai mai
> e ti giuro che stasera vorrei tornare indietro al tempo
> E ritornare al tempo che c'eri tu
> per abbracciarti e non pensarci piú su

Il rumore è dunque una categoria dell'immaginario, una manifestazione, un richiamo. È la gaffe dell'assassino, il ciak che dà l'azione alle paure piú intime e sopite, allestendo su due piedi una scena magistralmente diretta in cui la vittima prende improvvisa coscienza della parte che le è stata assegnata.

È quanto iconograficamente accade in una delle due copertine del singolo, dove Raffa indossa un passamontagna che le scopre soltanto gli occhi, come se in una sindrome di Stoccolma, un'identificazione patologica con il malintenzionato, volesse indossarne i panni e dirci: «Io sono l'aggressore di me stessa».

Malgrado l'impietosa descrizione dell'impotenza femminile, e l'implicita negazione della possibilità della donna ad aspirare all'autonomia, *Rumore* è solo apparentemente una canzone maschilista, perché proprio nella piena dell'incubo, quando la protagonista sembra stia per rinnegare la sua scelta d'indipendenza, riesce a trovare il coraggio di

46

riaffermare se stessa, rivendicando il diritto a una vita da single alla faccia della sua stessa paura:

Ma ritornare, ritornare perché
quand'ho deciso che facevo da me

Indimenticabili, poi, le esecuzioni televisive del pezzo, veri e propri video ante litteram che dimostravano la spiccata inclinazione di Raffa a concepire già allora la canzone non come una semplice esecuzione vocale, ma un concept, un pacchetto di prestazioni artistiche differenti quanto necessarie a costruire un discorso complesso, recepibile contemporaneamente su piú livelli (cosí, p. es., in uno straordinario playback in bianco e nero tuttora disponibile in rete, vediamo Raffa dimenarsi al centro della pista di una discoteca – all'epoca si chiamava night – circondata da capelloni danzanti che agitano le braccia intorno alla sua figura come in un rito d'evocazione).

Uno dei molti talenti di Raffaella consiste, senza ombra di dubbio, nella sua promiscuità estetica. Nella naturalezza con cui ha saputo adottare le forme piú estreme di una modernità ancora inedita in Italia senza causare alcun danno d'immagine al suo personaggio di conduttrice televisiva per famiglie. Nella pratica di un trasformismo che non ha mai temuto la riprovazione del pubblico, ma anzi ne ha sempre ricevuto l'approvazione spontanea.

Basta dare un'occhiata alle due diverse copertine di *Rumore* proposte all'epoca per avere prova certa di questa straordinaria attitudine. Di volta in volta, Raffa può mostrarsi in tenuta da motociclista, con tanto di casco alla mano e un muro di pellicce di animali selvaggi alle spalle a farle da quinta, o spingersi fino a scegliere uno stile fetish (quello del rapinatore con passamontagna) che in Italia avrebbe impiegato almeno una trentina d'anni a sdoganarsi, e poi dialogare con Topo Gigio a *Canzonissima* con l'affabilità della piú deliziosa delle massaie.

È questa capacità di tornare alla tradizione entrando e uscendo liberamente dall'avanguardia, quest'attitudine a vivere una doppia vita facendo in modo che nessuna delle due fagociti l'altra, la vera cifra del suo talento. Come potesse permettersi qualsiasi cosa.

Piú dei suoi indubitabili meriti di ballerina, vocalist, attrice, presentatrice e donna di spettacolo a tutto tondo, è la sua innata capacità di guadagnarsi l'indennità sul campo che fa di Raffaella Carrà il personaggio pop italiano piú significativo degli anni Settanta.

– Cos'ha fatto in questi giorni?

– Prego?

– Le ho chiesto cos'ha fatto in questi giorni.

– Intende se ho avuto attacchi di panico?

Lui rimane un po' – come dire – stranito.

«Ma che cazzo dici?» è la battuta che ha sovrimpressa in faccia e si astiene ovviamente dal pronunciare. M'interrogo seriamente sull'utilità di proseguire in un rapporto dialogico che è tutt'un tacere le cose piú che dirle.

– Perché pensa che le abbia chiesto se ha avuto attacchi di panico? – dice una volta riacquistato l'atteggiamento *Nulla di quello che sentirò potrà mai impressionarmi.*

– Non lo so.

– Ne ha avuti?

– No.

– Ne è sicuro?

– Vuole smetterla di sospettare delle mie risposte?

– «Sospettare delle sue risposte».

– E sí, santiddio. Se ogni volta che mi fa una domanda mi chiede perché le ho dato quella risposta, vuol dire che non si fida delle mie risposte.

Mi sto già rimproverando di aver perso la calma. Lui invece sembra intrigato.

– Sí, in un certo senso è cosí.

– Vede?

– Ma non pensa che sospettare delle sue risposte faccia parte del mio lavoro?

– Può darsi.

– «Può darsi».

– Ma perché continua a ripetere quello che dico?

– È un modo di prendere nota dei pensieri che mi comunica.

– Cos'è, una specie di verbale?

– Non stia sulla difensiva, le avevo solo chiesto cos'ha fatto in questi giorni.

– Allora, – dico impostandomi in modo che capisca che lo sto trattando da cretino, – ho lavorato, nel senso che mi hanno rinviato un paio di cause, fatto la spesa settimanale, visto due film di cui uno solo al cinema, poi ho pagato la polizza della macchina che scadeva giusto oggi...

– Benissimo, e poi?

E qui mi viene un rigurgito di onestà. Come se a un tratto non ne potessi piú di quella buffonata e mi andasse di dire qualcosa.

– Per la verità una cosa un po' strana mi è successa.

Mi scappa anche un mezzo sorriso, durante l'ammissione.

Lui mi guarda con una certa soddisfazione. E io mi pento subito d'essermi lasciato andare.

– No, non importa, – dico.

– Perché? Me ne parli. M'interessa.

– Non mi va.

– Non si chiuda a riccio. Può essere utile.

– Non so da dove cominciare.

«Come faccio a dirti cosa mi è successo, se non ci credo neanch'io a quello che mi è successo?», vorrei dirgli.

– Ha già cominciato. Basta che vada avanti.

– ...

– Ha fatto qualcosa di sbagliato?

– Questo senz'altro.

– Di vietato dalla legge?

– Certo che no.

– Allora perché è diventato cosí reticente?

– Vuole davvero che le risponda?

– Non immagina quanto.

– Perché per dire certe cose bisogna scegliere accuratamente le parole, provarle e riprovarle finché non si è sicuri che non ce ne sono di migliori, pensando che chi ti ascolta approfitterà della prima imprecisione per riderti in faccia. Come parlare a uno scettico, capisce? Ci vuole cautela per impedirgli di rifiutare a priori un'altra versione dei fatti. Ci sono cose che diventano cazzate se non le dici come vanno dette.

– Bene, – risponde, come se sapesse esattamente di cosa sto parlando, – allora le scriva.

«E sí, aspettavo te, aspettavo», mi dico.

– Cosí poi le vorrà leggere?

– No.

Questa mi piace proprio.

A volte succede di trovarsi in dei posti assurdi, e soprattutto in degli orari assurdi, tipo le tre e venti di pomeriggio, in compagnia di gente che conosci appena e non sei neanche convinto ti stia simpatica.

Sono quei posti fuori mano, ma poi neanche cosí tanto, sfuggiti ai piani regolatori, asserragliati in microfrazioni dove si arriva per stradine, di cui almeno un paio sterrate, che vivono secondo regole proprie, hanno architetture autodidatte, parlano dialetti indefinibili dal suono vagamente agricolo e improvvisano ristoranti senza insegna in cascine semiabusive dove si mangia anche male.

E tu un giorno ti trovi lí, in un periodo dell'anno dal clima insignificante, di quelli che non incidono in alcun modo sugli stati d'animo e che potrebbe essere febbraio o marzo, forse, in una tavolata dove in realtà conosci uno solo, quello che è riuscito a trascinarti nel convivio pomeridiano in cui non hai motivo di essere, e dal quale non puoi sganciarti perché fra l'altro dipendi anche dalla macchina di quel tale.

Poi torni a casa, ti butti nella doccia per levarti quel senso di spreco misto a colpa che ti è rimasto addosso come un odore, e mentre te ne stai lí con le braccia aperte, la testa buttata all'indietro e la bocca spalancata nella penosa pantomima di una rigenerazione, ti domandi perché succedono cose come questa. Soprattutto, come fanno a succedere. Com'è che le circostanze riescono a combinarsi in modo da mandarti anche solo per un giorno alla piú totale deriva, spingendoti a queste forme incontrollabili di vagabondaggio, di sperpero del tempo e d'incuria delle relazioni.

La cosa piú strana è che se ti lasci prendere dalla morbosità e provi a tornare in questi posti, non ci riesci. Non ritrovi la strada. Oppure la ritrovi, ma quel posto, quella mezza campagna con cascina semiabusiva dove hai vissuto l'esperienza soprannaturale, non c'è piú.

Allora ti dici che forse quel posto non esiste. E che non ci sei mai stato. E nemmeno le persone con cui credi d'esserci stato, esistono. Nemmeno quel tuo mezzo amico che è venuto a prenderti.

Poi un giorno succede che ne incroci uno per strada, e lo riconosci, e lo saluti, e anche lui ti saluta, e vi fermate a scambiare due chiacchiere, ma di quella volta non parlate, come se neanche lui avesse voglia di tornare sull'argomento, anzi ti chiedesse tacitamente, pure con un certo garbo, di poter contare sul tuo silenzio.

Periodicamente capita di dimenticare una certa parola per un tempo considerevole, tipo qualche settimana, e di non riuscire a trovarla quando serve. In questi casi provi una frustrazione tipica, che non somiglia a nessun'altra, e vai alla ricerca di un sinonimo, che puntualmente ti lascia insoddisfatto.

A me, di recente, è successo con «demotivato». Non c'era verso di richiamarla. Allora la sostituivo con «disincentivato» o «disinteressato», ma non era la stessa cosa. Volevo «demotivato», ma non c'era.

Poi un giorno, all'improvviso, quella parola ritorna: finalmente la ricordi, e sei convinto che da quel momento in avanti non la dimenticherai piú. Praticamente avete fatto pace, ecco.

Da un po', passeggiare per il lungomare della mia città (quello dove la domenica mattina presto corrono gli illusi) costeggiando la quasi totalità delle sue palme mozzate, sottoposte ad amputazioni d'urgenza nell'estremo tentativo di salvare il residuo di vita che ancora le sostiene prima che il parassita che le divora dall'interno completi la strage, è diventata una pratica malinconica. Un po' come attraversare un ospedale da campo in una zona di guerra.

Quando la recisione di un altro albero malato apre una nuova finestra sul mare, quest'ulteriore spalancamento visuale (che è, al tempo stesso, pienezza e dispersione dello sguardo) produce tristezza in luogo di piacere. Vorresti non vederlo, quel mare in piú. Quella dilatazione dell'orizzonte. Quello spazio improvvisamente libero, che nella sua sconfinata bellezza costituisce la prova sensibile di una morte in corso. Di una scomparsa che procede per sottrazioni progressive, nella consapevolezza dell'irreversibilità di quel disgraziato processo.

Allora, com'è inevitabile che vada, pensi alle tue mancanze. Alle amputazioni che hai dovuto eseguire e subire. A come si sta modificando il tuo personale paesaggio. E ti si restringe, si svilisce il senso della prosecuzione delle cose e della libertà, quasi non la volessi, non sapessi cosa fartene.

Cosí ti fermi a guardare, anche se da guardare non c'è

proprio niente, e qualche volta capita che il corridore tardivo che ti ha superato un momento prima rallenti gradualmente fino a fermarsi e finga di riprendere fiato. Quello che proprio vorrebbe è chiederti cosa ti ha preso, perché stai fissando quel pezzo di mare, ma non lo fa perché non ti conosce e se pure ti conoscesse non lo farebbe, però si trattiene lí a corricchiare sul posto nella speranza di scoprirlo, solo che a un tratto, non saprebbe assolutamente dire perché, sente arrivare un magone tremendo, di quelli che preoccupano, quasi quasi direbbe che sei tu che glielo stai passando, allora si dà una spinta e riprende a correre, tecnicamente scappa.

E poi ci sono quelli che camminano da soli. Non sai piú quanti anni hanno. Macinano chilometri al giorno, per dare un lavoro al corpo. Hanno due andature possibili: rigida e costante, da marionette (testa alta, pugni chiusi, sguardo fisso davanti a sé), o curva e sincopata, scoliotica. Gli appartenenti al secondo gruppo fanno anche delle lunghe chiacchierate con se stessi, a volte gli scappa una battuta e ridono.

Hanno cominciato a dare i primi deboli segni di pazzia intorno ai vent'anni. Hanno scoperto la fede, ma in un dio vendicativo che li avrebbe puniti per una finestra rotta da bambini. Si sono inventati nemici invisibili che architettavano complicatissimi complotti ai loro danni. Hanno perso la fiducia negli amici. Hanno cominciato a pensare alla morte.

Il mondo circostante ha sperato si trattasse di un disagio transitorio, una crisi di crescita. Invece loro non si sono piú ripresi. Hanno smesso di studiare. Se avevano una fidanzata l'hanno persa, e non ne hanno piú trovata un'altra. Un lavoro non l'hanno nemmeno cercato.

Dopo un po', i genitori hanno tentato di curarli. Prima chiedendo agli amici, poi agli esperti. Che gli hanno suggerito di ripensare ai propri errori. E loro ci hanno pensato. Qualcuno sono anche arrivati a riconoscerlo, ma non è servito a niente. Cosí hanno iniziato a non uscire piú di casa, per non dare spiegazioni, aspettando che passasse la pioggia. Ma sono passati solo gli anni, e i loro figli hanno continuato ad attraversare la città senza andare da nessuna parte. Il loro orologio affettivo s'è fermato ai tempi della scuola, delle prime ragazze, delle estati, dell'esame di maturità.

Si ricordano di te, misurano nella tua figura adulta la vita che non hanno avuto, ti guardano con dolcezza. Ti puntano per strada da lontano. Hanno capito eccome che ti stai sforzando di tenere lo sguardo sulla tua retta invisibile sperando che non ti vedano, allora fanno i distratti solo per confonderti e poi virare bruscamente. Ti fermano e t'intervistano. Ti chiedono cose che gli hai già detto. Ti ricordano episodi accaduti trent'anni prima, rimasti perfettamente integri nella loro memoria. Anni in cui avevano desideri e aspettative, e si sentivano come te. Se li incontri dieci volte nella stessa giornata, ti fanno dieci volte le stesse domande. È faticoso ascoltarli, imbarazzante trattenersi, triste separarsi. Perché quando te ne vai accusi un peso.

La mia città ne ha molti, di questi infelici. Li conoscono tutti, specialmente i baristi, perché è nei bar che fanno spesso sosta. E i baristi sono gentili con loro, li chiamano per nome, gli offrono il caffè quando il padrone non guarda.

Di recente ne ho incontrato uno in un orario improbabile. Ero uscito di casa all'alba alla ricerca di una farmacia. Me ne stavo in fila alla serranda, dietro un signore che non smetteva di lamentarsi col vicino dei disservizi nostrani (la lamentela è la forma di comunicazione preferita tra estranei), quando ho intuito quella sagoma familiare da una distanza considerevole.

Mi ha puntato, è venuto dritto da me, mi ha sottoposto alla solita lista di domande («Ti sei sposato?»; «Tieni figli?»; «Fatichi?»; «Ma fatichi per conto tuo o stai sotto al governo?»), mi ha chiesto un po' di soldi e s'è allontanato nelle strade ancora buie. Era la prima volta che lo incontravo cosí presto. Dev'essere dura svegliarsi all'alba e non reggere la reclusione delle pareti di casa.

Questa città ha prodotto un numero preoccupante di camminatori solitari e nello stesso periodo; tanto che fra amici ci siamo spesso chiesti se non sia stata proprio lei a innescare qualche meccanismo autoimmune portato ad accanirsi sul sistema nervoso dei suoi figli. Per un po' ci abbiamo quasi creduto: infatti ci guardavamo con sospetto quando capitava che uno di noi si mostrasse un po' distratto.

Forse una piccola città è piú faticosa da vivere. Perché ti assegna di brutto il compito di diventare te stesso senza tante storie. Denuncia le tue lentezze, fa apprezzamenti sulla tua felicità.

Forse molti di loro non ce l'hanno fatta a pagare la cambiale di una vita che magari neanche volevano, e si sono difesi cosí. Un po' come succedeva a certi compagni di scuola che, malgrado non avessero mai avuto particolari problemi di profitto, da un giorno all'altro iniziavano ad andar male in tutte le materie, e non riuscivano piú a recuperare. Entravano in un loop autodistruttivo ingovernabile, che li rendeva incapaci di studiare, concentrarsi, superare le interrogazioni, arrivare alla fine di un tema o di un compito di matematica e perfino di copiarlo. La distanza fra i loro voti e quelli degli altri è cresciuta di giorno in giorno, finendo per assumere le caratteristiche di un indebitamento che li ha convinti che l'unica strada per uscirne fosse dichiarare fallimento. E cosí si sono lasciati bocciare, rassegnati e consapevoli ma provando, in quel momento almeno, il piccolo sollievo di una pace perduta da tanto.

Comunque poi quello della farmacia l'ho incontrato di nuovo, piú tardi, in centro. Stavo prelevando qualche soldo a un bancomat. Mi ha preso di mira e s'è piazzato al mio fianco nell'esatto momento in cui digitavo il codice segreto.

Allora come stai, ti sei sposato? Tieni figli? Fatichi? Ma fatichi per conto tuo o stai sotto al governo?

Io gli ho risposto, ma non la verità.

X-Files

E poi ci sono delle domande su cui mi arrovello. Ma non domande chissà quanto impegnative, tipo da dove veniamo, dove stiamo andando o perché siamo qui (che non mi sono mai posto, se volete saperlo). Si tratta, piuttosto, di cose che non mi spiego, eppure capitano di continuo pur essendo davvero inspiegabili, tant'è vero che la gente ti crede, se gliele fai notare.

Addirittura ride, tanto ci crede.

Chi non si è mai tagliato la lingua leccando il bordo interno di una busta per lettera?

È un infortunio che può ovviamente verificarsi solo con buste leccabili, formato 12×18, taglio a punta, generalmente bianche, non essendo, questo tipo di busta (che poi è quella classica, solitamente impiegata per le lettere tradizionali), dotata dello strip autoadesivo che invece montano le buste a sacco (nei formati 19×26 o 23×33), come pure quelle orizzontali 11×23 (con o senza finestra), piú pratiche e igieniche, per le quali basta appunto staccare l'apposita striscetta e dunque sigillare con una leggera pressione delle dita (un'operazione anche piuttosto piacevole, che ricorda i bei tempi degli album delle figurine).

Funzione della linguetta autoadesiva presente sulle buste commerciali di produzione piú recente è dunque quella di mantenere la condizione di umidità sufficiente a impedire al sottostante strato di colla di seccarsi, risparmiando cosí all'utente la collaborazione che nella classica 12×18 è tenuto a prestare umettando personalmente i sottilissimi veli di colla presenti sui lembi interni sí da sprigionarne l'effetto adesivo desiderato.

Non si capisce perché le aziende specializzate continuino a produrre la 12x18 secondo il vecchio sistema della leccata, visto che fra l'altro (come si può agevolmente ricavare da una rapida consultazione del sito delle Poste Italiane), non c'è alcuna differenza di prezzo rispetto alle 11×23 (orizzontali, con finestra o senza), che pure vanno benissimo per spedire una lettera ma in piú, avendo la linguetta seriale, consentono di astenersi dall'usare la propria.

Può darsi che la 12×18 si rivolga a un'utenza romantica, che ama intimizzare con le buste e fatalisticamente snobbi la funzione preservativa svolta dalla strip, un'utenza che non intende rinunciare al rischio d'infezione a cui espone la leccata a freddo.

In effetti è imbarazzante questa ostinazione della 12×18 a imporre rapporti orali in luogo delle innocenti tastatine di cui si accontentano le piú evolute 11×23, 19×26 e 23×33.

Peraltro la busta classica, *stripless* (non so se è corretto, ma mi piace come suona), non si concede cosí facilmente al primo approccio, sgiarrettierandosi al cliente come le sue concorrenti, ma chiede una prestazione impegnativa per svolgere il proprio compito.

«Baciami, – dice, – e non aprirò a nessuno».

Bisogna poi aggiungere che per ottenere un effetto adesivo apprezzabile con la 12×18 non basta una leccata superficiale, perché se per scongiurare il rischio di eventuali tagli fai il furbo e lecchi solo un po' al centro del velo di colla tralasciando i bordi, niente di piú facile che l'incollaggio avvenga solo parzialmente o (peggio ancora) provvisoriamente, per via delle microcamere d'aria che si creano tra la superficie umida e quella asciutta. Quindi è indispensabile dare delle leccate generose e uniformi facendo anche attenzione ai dosaggi, perché se si eccede può generarsi un paradossale quanto irreversibile effetto di scollamento.

Probabilissimo, dunque, che la leccata perfetta, assecondando il verso tagliente del bordo-busta, procuri lesioni neanche poi cosí trascurabili.

A questo punto risulta abbastanza evidente come tagliarsi la lingua leccando una busta sia una vicenda infortunistica che la racconta molto piú lunga di quel che sembra. Perché è chiaro che nulla t'impedisce di mandare in pensione, o meglio in estinzione, la 12×18; non stando scritto da nessuna parte che devi pagare per ferirti. E oltretutto il problema dei tagli sulla lingua è che non puoi metterci sopra niente, solo aspettare che si rimarginino da sé.

Ma perché tutte le volte che sto per fare un viaggio mi passa la voglia di partire? E il posto dove abito e di cui non finisco di rilevare i difetti mi pare improvvisamente piacevolissimo da vivere? E il tempo migliora? E vengono fuori delle giornate belle, limpide e frizzantine come piacciono a me? E due giorni prima della partenza, ma sempre, mi si offrono delle occasioni che renderebbero opportuno che restassi?

Ma queste occasioni qui lo sanno, che devi partire? Che hai anche versato l'anticipo all'agenzia e non puoi piú recuperarlo, che hai già i biglietti, i voucher dell'albergo e tutto quanto?

Io non lo so. Non me le spiego proprio certe cose. Ci dev'essere un trucco, da qualche parte; una piccola clausola che ti fanno approvare separatamente quando firmi la prenotazione, e viene fuori alle prime avvisaglie psicologiche di disdetta.

A quel punto, visto che ti sei incastrato con la caparra, hai schedato mentalmente i vestiti da portare (i preferiti è già un po' che non li metti, per essere sicuro di averli puliti), e ti sei addirittura premurato di comprare un set di flaconcini per liquidi da aereo da 100 ml (in un paio hai già travasato il dopobarba e lo shampoo), per partire devi fare, come si dice, tutto un lavoro su te stesso. Raccontarti che il viaggio ti serve, che hai bisogno di staccare la spina, quelle frasi lí.

Ma cosí facendo peggiori solo le cose, perché siccome stai lavorando su te stesso, e quindi non sei veramente convinto, sei diventato molto piú cavilloso sulle parole che ti vengono in automatico, e ti ci soffermi, realizzando che quella della spina staccata è una metafora bruttissima, terminale, per non dire mortuaria, contraddittoria solo in apparenza, perché uno che parte dovrebbe aver voglia di scoprire e quindi di vivere, perciò dovrebbe metterla, la spina, anziché toglierla, ma se dichiara tutto compiaciuto di volerla togliere, in realtà sta dicendo che è un desiderio di morte (magari apparente) o di scomparsa (almeno temporanea) a muovere il suo bisogno di partenza.

Del resto, quando uno è in viaggio, se squilla il telefono di casa nessuno risponde, se bussano alla porta nessuno apre, e la buca delle lettere s'intasa: non ci siamo, non ci vogliamo essere, la nostra vita s'è presa, per cosí dire, una morte di vacanza.

Giunto a un simile grado di complicazione di una faccenda semplice qual è quella di partire per un viaggetto (su cui, diciamolo, non è il caso di farla tanto lunga), concludi che se sono questi i risultati del lavorare su te stesso, avresti fatto meglio a disoccupartene.

Cosí differisci il dilemma al giorno della partenza, fai la valigia e vai, ma per modo di dire, perché lungo le scale, e poi nel tratto fino alla stazione e anche nel pullman dalla stazione all'aeroporto, fingi di non accorgerti che ti stai muovendo alla moviola, come se il corpo soppesasse ogni metro che macina per riservarsi la possibilità di girare sui tacchi e riportarti a casa, e anche arrivato all'aeroporto, anche lí continui segretamente a sperare di avere la carta d'identità scaduta, ed è solo quando passi il metal detector che finalmente smetti di lottare col destino.

Che mistero molecolare nascondono quelli che si accontentano?

Nel corso degli anni in cui mi sono impegnato a fare le cose che volevo, essenzialmente fra i trenta e i quaranta, mi è successo d'imbattermi in persone giovani e chiaramente capaci che facevano lavori provvisori (o almeno cosí a me sembravano), tipo le fotocopie in una cartoleria, e di pensare che un giorno, tornando in quel negozio, non ce li avrei piú trovati, perché nel frattempo sarebbero certamente riusciti a realizzare qualche progetto piú ambizioso che immaginavo avessero continuato a coltivare con tenacia e pazienza mentre si guadagnavano da vivere fotocopiando planimetrie, atti giudiziari e dispense universitarie.

Invece poi sono rimasti lí, a distanza di tutti questi anni lavorano ancora nella stessa cartoleria, e se li guardo meglio capisco che quella vita gli basta, che non ne volevano un'altra, e stanno bene come stanno.

È quando mi trovo davanti a persone cosí che penso d'aver sbagliato un sacco di cose.

Sapessi quali.

Se ho le idee confuse circa il periodo che sto attraversando?

Ma proprio per niente. Le mie idee non saranno fisse (anzi, sono componibili come le cucine), ma tengono. Non ho mica problemi a valutare una situazione. Lo sfascio sentimentale che vivo non ha intaccato la mia sfera razionale. La mia sfera razionale (ma perché proprio sfera, poi? Non potrebbe essere una piramide o un tronco di cono, p. es.?) va a meraviglia. È attivissima, quella sfera lí. Gira vorticosamente come le due sferette piú in basso. Sono perfettamente lucido sul mio conto. Ho istruito bene la mia pratica. Processatemi pure, se volete vedere com'è fatta una collezione di alibi. Io non mento a me stesso per ingannarmi. Mento a me stesso per crederci. So come mi sento e perché. Conosco ogni micromovimento, avvisaglia, sintomo o rumore del mobbing dell'infelicità. Quello smarrimento cosí caratteristico, che rende l'aria disgustosamente dolciastra, come di pesche andate a male. Quella solitudine definitiva. Quella svalutazione immediata di tutto. Di me stesso, soprattutto.

Ho imparato ad anticipare (decodificare, direbbe la mia ex moglie, convinta d'essersi espressa scientificamente) le mie stesse reazioni, quando cado nella sua trappola. I ricordi che mi stringono il cuore sono io a richiamarli:

credete forse che non lo sappia? Li lascio venire, li invito, gli dico Accomodatevi, fate come se foste a casa vostra. E poi non è che sto lí a piangermi addosso. Faccio quel che devo, mi rendo utile. Cerco di volermi bene.

Sono abbastanza vecchio da aver capito che non ci sono problemi risolvibili. Se no non si spiegherebbe com'è che non ho mai risolto un solo problema in vita mia. Né mi pare di aver conosciuto nessuno che abbia risolto i suoi. I problemi si trascinano, tutto qua, e prima lo capisci meglio è. Per cui non ho bisogno di farmi quattro anni di analisi per riuscire, come si dice, manco poi fosse una scelta saggia, ad accettarmi per quello che sono. Oh, ma fatemi ridere. Accettarti per quello che sei è il contentino che ti dai quando non ti accettano gli altri. Mentre è dagli altri che bisogna essere accettati, e possibilmente richiesti. Altro che chiacchiere.

Allora sapete cosa vi dico? Che se gli altri – una su tutti – non vogliono prendersi il disturbo di accettarmi (anzi, richiedermi, e farsi anche concorrenza) per quello che sono, che vadano pure a farsi fottere. Figuriamoci se oltre a subire la mortificazione di non essere accettato, mi metto anche ad accettarmi da solo. Cosa dovrei fare, lavorare al posto tuo?

Sei diventata una sorta di categoria filosofica, ti rendi conto? Appena ti penso mi si solleva una tale qualità d'interrogativi che mi ci vorrebbero un paio di lauree ad hoc solo per cominciare ad approcciarne qualcuno. Per cui faccio quel che posso. Tocco con mano la mia ignoranza. A forza di soffrire per te ho contratto un debito intellettuale nei confronti del tempo che attraverso. Sono un militante del pensiero critico. Mi attirano libri che fino a poco tempo fa m'innervosivano solo a leggerne il titolo. Sei compatibile con tutto: con il privato, il pubblico, la politica, l'etica, l'estetica, la religione, la musica, la letteratura, il cinema, il teatro, l'informazione, la tecnologia, la pubblicità dei pannolini e persino quella delle macchine. Ogni cosa è compromessa con te. E io sono obbligato a speculare su tutto, perché tutto ti riguarda. Sei ovunque, tranne dove vorrei che fossi. Indovina dove.

– Che le prende? – mi chiede la salumiera.

Io resto spiazzato da quel tono confidenziale del tutto inopportuno, visto che non siamo amici.

D'accordo, il mio umore ha subito una virata repentina proprio mentre mi prezzava la mortadella appena incartata dopo avermi chiesto se volevo dell'altro (nel riservare ai clienti questo tipo di premura – lo voglio proprio dire, già che mi trovo – i salumieri dimostrano di avere in scarsa considerazione la loro memoria: sono io che faccio la spesa, quindi se voglio qualcos'altro te lo dico, no? Cosa pensi che abbia, l'Alzheimer?); sospetto anche di avere assunto un'espressione da anticamera d'infarto mentre il mio sguardo s'inchiodava nel piú vuoto dei vuoti, ma allora? Questo l'autorizzava ad allargarsi cosí?

– Niente, – dico svegliandomi, – credo solo di... di aver dimenticato una cosa che dovevo fare.

Mentre rispondo non la guardo in faccia.

– Mi scusi, – fa lei, – è che mi ha fatto un po' preoccupare.

– Be', – mi ammorbidisco, – è gentile da parte sua.

– È sicuro di sentirsi bene?

«Oh, Dio santo», penso.

– Sí, grazie. Davvero. Potrei avere un quarto di treccia? – taglio corto.

Lei esegue.

Non vedo l'ora che finisca, perché sto patendo un tale disagio a star qui dopo questo scambio d'intimità che tra un po' comincio a sudare.

Lei prende a cercare la treccia nella vasca dei latticini come se le mozzarelle nuotassero. O forse è solo una mia impressione. Quando la pesca si conclude, e il quarto di treccia che mi sto ancora stramaledicendo d'aver chiesto mi viene finalmente consegnato, mi rifila un'altra perla di riservatezza prima che faccia in tempo a svignarmela.

– Lei non la merita.

– Cosa? – domando, rimbambito.

– Lei non la merita, – ripete.

Mi guardo bene intorno e poi le chiedo piano:

– Ma lei chi?

– La donna che l'ha lasciata.

Per un momento, lo giuro, vedo tutto avvolto nella nebbia.

– Non mi ha lasciato nessuna donna, – protesto, mentendo.

– Ce l'ha scritto in faccia.

A questo punto, volendo comportarmi da quel gentiluomo che so di essere, dovrei invitarla a farsi quella lunga collezione di reperti archeologici che una volta furono i cazzi suoi e a pensare alla sua, di faccia, che necessiterebbe di una rasatura accurata; magari aggiungere che da oggi in poi mi guarderò bene dal rimettere piede nel suo negozio, in cui una volta, tra l'altro, ho anche visto circolare una pantegana, benché questo non sia vero; ma mi scopro cosí sconvolto dall'idea che le mie emozioni siano diventate leggibili anche da chi nemmeno mi conosce, che devo saperne di piú.

– Ce l'ho scritto in faccia? – ripeto interrogando, da autentico deficiente.

– Come un morbillo, – fa lei, secca.

Rinculo, quindi comincio a giustificarmi, e a cercare in ogni modo di rassicurarla. Praticamente non riesco a fermarmi.

Ma perché lasci che ti capitino certe cose? Eh? Perché permetti a chiunque di autoinvitarsi nel tuo privato e fare come se fosse a casa sua? Lo vedi che ha ragione Mr. Wolf? Non fai che collezionare incidenti.

Era sinceramente preoccupata per me.

Tu sei cretino, lo sai questo?

Oh, ti prego, adesso non ti ci mettere anche tu.

Tu devi smetterla. Devi affrancarti dal senso di colpa, una buona volta. Sempre lí a giustificarti, a chiedere scusa e permesso, a pensare di non meritare le cose belle che ricevi, a espiare quando le perdi. Non c'è niente di sbagliato in te.

Se mi hai appena dato del cretino.

Sai qual è il tuo problema? Hai l'ossessione di metterti in pace la coscienza. Vuoi dire a te stesso che non è stata colpa tua, tutto qua.

Cazzo, è vero.

E allora sta' a sentire: non è la tua coscienza che ti dichiara guerra. Sei tu che lo fai.

Dici?

Se tu la lasci in pace, lei non ti fa niente.

Non posso fare il cazzo che voglio.

Non. Hai. Fatto. Niente. Di. Ma. Le.

Chiamo una vecchia amica. Siamo stati insieme, per un po'. Di quelle belle storie in cui nessuno chiede all'altro piú di quel che gli può dare, e durano quel che possono, e quando finiscono non lasciano rancore, anzi. Quando ci si sente, tipo il giorno del compleanno o a Natale (sono le telefonate piú piacevoli che si possano ricevere), è bello risentire le bollicine di quell'affetto gratuito, senza sospesi, dove tutto è facilitato e tu racconti e chiedi, dicendo semplicemente la verità.

Il cellulare squilla tre volte, poi suona occupato.

Capisco, e non richiamo.

Meno di cinque minuti e mi arriva il suo messaggio.

Scusa, adesso non posso. Va bene tra un'ora?

Rispondo prontamente:

Anche due.

E lei:

Ok. Un bacio, intanto.

Io sarò anche una vecchia zoccola, ma mi piace pensare che il bacio me l'abbia mandato mentre era con qualcuno.

L'attesa della sua chiamata è una delizia. Cammino contento, a falcate felici, tengo la schiena diritta, cerco il cielo con gli occhi. Non so cosa mi aspetto esattamente dall'iniziativa che ho preso. Cosa voglio da Viola. Sarei ipocrita se non dicessi che una parte di me si augura di trovarla disponibile a dare una ripassata ai nostri trascorsi intimi, ma non è questo, credo, il motivo per cui l'ho chiamata. Forse è solo un po' di consolazione che cerco. Un ricovero. Un innocente furto di normalità.

Ascoltarla parlare per sentire lo scorrere della sua vita dall'altra parte del telefono, quella vita che sa condurre senza infelicitarsela come faccio io: voglio ricordarmi come si fa, che si può, che ne sarei ancora capace, se solo volessi.

Al bancomat dove mi fermo per prelevare qualche soldo c'è fila. Capita, sotto Natale.

Prima di me c'è un trasferito che si guarda di qua e di là con un sorrisetto da celebrità minore che si aspetta d'essere riconosciuta da un momento all'altro (qualche testa ogni tanto infatti si volta, ma come a dire: «Cazzo guardi?») Me lo ricordo ai tempi dell'università questo cretino, impossibile dimenticarlo perché veniva a seguire i corsi vestito da manager. Ogni comparsata universitaria era un provino di futura carriera. Per un po' ha bazzicato il tribunale, poi è scomparso. Deve aver trovato lavoro in un'altra città (Roma: sicuro). Per questi tipi coltivo una spiccata passione antropologica. Poi ne riparliamo.

Viola mi richiama mentre il trasferito controlla scrupolosamente la ricevuta dei 50 euro appena prelevati e si allontana inosservato.

È felicissima di sentirmi. Sapesse io.

Parliamo. Cammina, il respiro leggermente affaticato, i rumori della strada fanno da sottofondo e mi aiutano a visualizzarla mentre avanza leggera, sicura di sé, disinvolta nel suo corpo reso stupendamente tonico dai tanti anni di danza classica, superiore a chi incrociandola la spennella con gli occhi.

Mi dice che si sposa. Ma come mi avesse informato di avere un altro taglio di capelli. Le faccio notare l'anomalia cosí come l'ho pensata. Mi spiega che per lei le cose andavano già bene com'erano, e quando una cosa va già bene, aggiunge per inciso, non è il caso di cambiarla (al che penso: «Com'è vero!»), solo che il tipo con cui sta da circa due anni pendeva talmente dalle sue labbra quando gliel'ha chiesto che non se l'è sentita di deluderlo.

Le chiedo se le sembra un motivo sufficiente. E lei mi risponde che in quel momento s'è semplicemente detta: «Lo ami questo qui? Sí. Allora vai, senza farla tanto lunga».

Ammutolisco. La sua praticità sentimentale, il suo sapiente antiromanticismo e quell'innata capacità di decidere su due piedi senza sensi di colpa mi fanno l'effetto di una trasfusione di personalità. Che poi è esattamente quello che speravo. Penso subito piú chiaramente, elaboro soluzioni possibili, contestualizzo e riduco, capisco. Ogni cosa si semplifica. Divento brillante per emulazione.

Sono cosí impaziente di fare qualcosa, anche se non so cosa, che torno a casa e butto giú un paio di saggi instant ispirati al cretino del bancomat, visto che mi sono già venute due idee che potrei dimenticare entro poche ore se non ci lavoro un po'; non prima – ovvio – di aver chiesto alla mia donatrice psicologica (altro che quel ripetitore di frasi di Mr. Wolf) se è possibile vederci almeno per un caffè.

– Come, un caffè, – dice lei. – Dopo mesi che non mi vedi non m'inviti nemmeno a pranzo?

Praticamente, grasso che cola.

ERBA DI CASA MIA (primo saggio instant)

Chi abita in provincia sa che a Natale c'è una ricorrenza nella ricorrenza, incastonata nella ricorrenza principale a mo' di bernoccolo, ovvero il ritorno, in occasione delle feste, dei trasferiti nelle grandi città.

Quella dei trasferiti nelle grandi città è una categoria per certi versi mistica, in cui neanche gli stessi trasferiti sono del tutto consapevoli di rientrare finché non rimettono piede in provincia. È un'appartenenza che si realizza per contatto, e necessita di condizioni ambientali specifiche per riprodursi.

Il trasferito se ne accorge con un certo stupore, quando scende dal treno o dalla macchina, e senza neanche volerlo comincia a muoversi diversamente dal solito: s'irrigidisce nella schiena e nel passo, gonfia il torace, scannerizza i dintorni con occhiate sornione, quasi si sentisse terribilmente interessante, tutt'a un tratto. La suggestione, assolutamente infondata, che in quei momenti lo prende, è d'essere osservato, come se la cittadinanza tutta fosse in attesa della sua venuta oppure, quando la patologia è piú seria, un gruppo d'irriducibili ammiratori si fosse appostato nel luogo del suo arrivo, come i fan ai concerti rock quando si piazzano davanti ai cancelli dei palasport fin dal primo mattino con i plaid e la colazione al sacco per assicurarsi la prima fila all'apertura delle porte.

Ecco l'andamento di un possibile dialogo fra spettatori immaginari che il trasferito sceneggia per il suo ritorno in città:

– Oh, ma l'hai visto?

– Ma chi?

– Come chi.

– No, aspetta. Non sarà mica...

– Bravo! Visto com'è cambiato?

– A me lo dici? Non l'avevo neanche riconosciuto.

L'allucinazione autoreferenziale è in piena: poco importa che nei dintorni non ci sia nessuno, che il trasferito abbia posteggiato in un parcheggio deserto alle tre del pomeriggio oppure, appena sceso dal treno, abbia incontrato giusto un paio di nomadi con pappagallino in scatola che l'hanno abbordato con l'ormai celebre: «Scusi, posso fare una domanda?» L'illusione di cui è vittima ha una forza persuasiva che prescinde dalla mancanza di riscontri. Il trasferito è tornato in città: ovvio che il popolo ne sia al corrente.

Ma il meglio di sé, manco a dirlo, il trasferito lo dà nello struscio natalizio, preferibilmente in tarda mattinata. Quando si veste per uscire, tende al casual. Magari passa la settimana in doppiopetto, ma appena torna in terra madre ci tiene a proporsi in versione informale. Omette la rasatura, indossa jeans stinti e scarpe da ginnastica, giubbotti che spesso s'è comprato apposta.

È possibile che, senza saperlo (perché il trasferito non sa quasi niente, agendo essenzialmente per impulsi), sotto sotto stia cercando di adottare uno stile volutamente trasandato, per affrancarsi dall'ingessatura della provincia (essendo risaputo che per distinguersi in provincia bisogna essere un po' eccentrici).

La moglie del trasferito (che è sempre piú realista di lui), notando la differenza dell'abbigliamento, gliela rinfaccia prontamente come un elemento di novità che non tarda a definire (guarda guarda) un'esibizione piuttosto provinciale (sono sempre un po' sboccate, le mogli dei trasferiti: se qualcuno non le ferma, dicono tutto quello che pensano), e a quel punto il trasferito, pur sapendo di parlare alla donna che lo conosce meglio di chiunque altro, le risponde che lui si è sempre vestito cosí (fuori del lavoro, s'intende), e se lei non se n'è mai accorta allora dovrebbe concedersi una riflessione approfondita sullo stato della loro unione.

Al che la moglie del trasferito non sa se mandarlo a quel paese o meglio a quella sua stronzissima città in cui la obbliga a passare le feste natalizie da quando si sono sposati, o stramaledire ancora una volta la colpevole leggerezza che ha mostrato nel coniugarsi a un cretino, cosí lascia perdere e non tocca piú l'argomento (anche perché, alla fine, sai quanto gliene frega dell'abbigliamento del trasferito).

Quando finalmente incontra qualcuno che conosce appena, il trasferito avvia il corpo a corpo del ritorno in provincia.

Il conoscente, che non ha molto da dirgli, e s'è fermato giusto perché il trasferito ci teneva, finisce per chiedergli come si trova nella grande mela nazionale in cui è andato ad abitare, e cosí facendo firma la sua condanna al monologo, perché il trasferito lo investe con una tale quantità d'informazioni sui cambiamenti che gli hanno rivoluzionato la vita da quando ha lasciato la provincia, che il povero conoscente non sa piú cosa dire, e cosí tace e annuisce, (di)sperando in uno squillo del cellulare che lo costringa a congedarsi su due piedi, ma la realtà, come sempre accade in questi casi, non offre vie di fuga, e intanto il monologo incalza, e il conoscente, che si sente sempre piú trattato da vaccaro, vorrebbe tanto dire che non ne può piú di quell'esternazione, e anzi la trova gratuita, straripante e anche decisamente cafona, ma non essendo un tipo che risponde finisce per sciropparsela fino alla fine fingendo anche di condividerla.

Nella pausa che a un certo punto il trasferito è costretto a prendersi per ossigenare un minimo e procedere col monologo, può capitare che al conoscente venga la malaugurata idea (ma così, giusto per dire qualcosa anche lui) di riferire al trasferito d'essersi trovato di passaggio, giusto di recente, nella sua (nuova) città. Ed è il suo secondo e definitivo errore. Perché la notizia viene istantaneamente accolta con un misto di stupore e di risentimento: la prima delle due reazioni, non si capisce se rivolta al conoscente (che il trasferito non credeva capace di tanto) o alla stessa città (che il trasferito non credeva così accessibile); la seconda, sottintendendo il rimprovero: «Ma come, sei venuto nella *mia* città e non me l'hai fatto sapere?», denuncia un senso d'offesa del tutto fuori luogo, rinviando a un retroterra di frequentazioni mai esistito.

La reazione del trasferito, insomma, tradisce la sua illusione patologica d'esclusiva sulla città in cui ha ben pensato di trasferirsi, per cui l'idea che un conoscente di provincia sfugga alla sua pretesa di controllo del territorio (assolutamente folle ma coerente con la sclerosi dell'io), è un dato che dissesta la sua autostima già pericolante.

A quel punto non gli resta che lasciare il suo recapito all'interdetto conoscente, raccomandandogli di chiamarlo *a qualsiasi ora* e senza farsi *alcun tipo di problema*, se gli capitasse di ritornare dalle *sue* parti; e preoccupandosi inoltre di aggiungere che, in quel caso, non gli permetterà di prenotare un albergo, perché la sua casa è sempre aperta.

Al che il conoscente se ne va più frastornato che stremato, domandandosi che cosa gli è appena successo.

La verità, che il trasferito non si racconta, è che, per quanto il tempo sia passato, non s'è mai affrancato dalla provincia. Che casa sua gli manca. Soprattutto a Natale. Per questo non riesce ad andare da nessun'altra parte, e costringe la moglie a seguirlo. Non gli piace il Natale dispersivo della grande città. Lo vuole concentrato, con le decorazioni appese ai lampioni, i babbi natale anoressici per strada, i banchetti dei truffatori che millantano sottoscrizioni per comunità di tossici e assistenza ai bambini ammalati, il baccalà in umido e gli struffoli cucinati secondo la ricetta della nonna. A chiacchiere li snobba, questi reperti archeologici che resistono agli anni e qualche volta ai secoli, ma nei fatti non sa privarsene.

Per questo, quando poi riparte per la grande città, butta un'occhiata allo specchietto retrovisore o al finestrino del treno e sente quella strettina caratteristica, come una strizzata alle palle, ma piú in alto e a sinistra, però.

SABBIA DI CASA MIA (secondo saggio instant)

Un'altra contingenza drammatica in cui spesso incappa il trasferito in tour nella terra d'origine per le vacanze (estive, stavolta), è quella dell'incontro casuale con un ex concittadino nei luoghi balneari poco lontani da casa, tipo Agropoli, Paestum, Santa Maria di Castellabate o Palinuro.

Il sintomo caratteristico dell'imbarazzo che accomuna i concorrenti in questa sfigata evenienza (orrida miscela di familiarità e sorpresa) si evince dal sottotesto che i due si scambiano al momento del riconoscimento, un: «Anche tu qui?» correttamente traducibile anche con: «Aeh».

E sí che il luogo di vacanza, soprattutto estiva, è un indicatore di status. Misura la gittata dei tuoi desideri, la distanza che passa fra quello che millanti e quello che ti puoi permettere. Per il trasferito, convinto com'è che l'immaginario collettivo lo collochi alle Seychelles come minimo, l'essere repertato in costume da bagno a un tiro di schioppo da casa costituisce un precedente ben difficile da cancellare.

La ragione ultima per cui il trasferito e l'ex concittadino trovano insopportabile questo tipo d'incontro è che si specchiano l'uno nell'altro. E se non si è proprio belli, trovarsi all'improvviso davanti a uno specchio non è piacevole (anche se va detto che lo specchio peggiore in assoluto, in cui proprio ti guardi e ti sputeresti in faccia, è quello dei camerini nei negozi d'abbigliamento).

Le condotte alternative dei contendenti in questo tipo di circostanza sono due: o, con un rapido colpo d'occhio, si accordano per non salutarsi neanche, oppure, tutto all'opposto, si vanno incontro e si scambiano delle gran pacche sulle spalle, come si volessero tanto bene, e una volta rotto il ghiaccio passano direttamente a quello che poi è lo scambio di battute che conclude il copione di un'antica tragedia:

– Ma si sta cosí bene da queste parti, perché dovremmo andare chissà dove se abbiamo la fortuna di avere queste meraviglie a due passi da casa?

– Dillo a me, da quando vivo fuori mi accorgo di quanto mi sono sempre mancate queste spiagge. Mia moglie insiste con la Sardegna ma io, come mi trovo qui, da nessuna parte.

Seguono i saluti; quindi, con un sorriso stirato in faccia, ognuno torna al suo lido (perché poi quest'incontro avviene sempre in un lido terzo, l'unico dove funziona la macchina del caffè, generalmente quello che sta in mezzo ai due in cui il trasferito e l'ex concittadino hanno noleggiato l'ombrellone): il trasferito mette cappellino e occhiali da sole e non si muove piú dalla sdraio; l'altro invece si dirige direttamente alla riva lottando contro la sensazione di aver tradito se stesso; si ferma sul bagnasciuga, porta una mano al fianco e l'altra alla fronte a mo' di saluto militare e resta lí di vedetta, perlustrando l'intero braccio di mare disponibile con una tale dedizione che di lí a poco il bagnino, seduto alla sua postazione pochi metri piú in là, si volta verso di lui e lo guarda, domandandosi se per caso non ne abbiano assunto un altro senza dirgli niente, tante volte.

Allora.

Conosco diversi meridionali che, appena possono, si trasferiscono a Roma, e altri che, appena possono, si trasferiscono (non necessariamente a Roma).

A me sembra che i meridionali che si trasferiscono a Roma (o vorrebbero farlo) siano preoccupati per se stessi, mentre quelli che non si trasferiscono necessariamente a Roma ma anche a Roma, se gli capita, si preoccupino soprattutto per i loro figli.

Nel senso che i meridionali del primo tipo registrano il peggioramento generale in atto, vedono passare miseramente gli anni e, con loro, le aspettative di affermazione nel campo in cui operano o vorrebbero operare (in genere sono artisti, intellettuali o giornalisti pubblicisti; spesso tutt'e tre insieme); mentre quelli del secondo abbandonano il campo prima di perdere, essendo innegabile che, sotto il profilo educativo, i mezzi di cui dispone un genitore medio (cioè uno che lavora tutto il giorno e ha poco tempo da dedicare ai figli) sono nulli se paragonati alla forza trascinante di una città come Napoli, p. es.

Non sono mica pochi i meridionali scappati dalla città per timore che da un giorno all'altro i loro figli vengano arruolati dalla camorra. L'emergenza educativa, in molte zone del napoletano, non è faccenda da infiocchettarci dei bei discorsi. Conta quanto il lavoro che manca, i cumuli di spazzatura o la sindrome della quarta settimana.

Uno a questo punto potrebbe dire: «Sí, ma per trasferirsi bisogna poterselo permettere». E invece non è mica detto. Infatti sono tanti quelli che se ne vanno senza poterselo permettere, motivati solo dall'urgenza di andarsene. Perché è chiaro che quando una cosa diventa urgente bisogna farla. E chi ha qualcosa di caro da difendere si rimbocca le maniche e basta.

I meridionali del secondo tipo (anche quelli che non hanno figli in odore di camorra, ma si preoccupano lo stesso perché non intravedono un futuro), nell'atto di andarsene pronunciano una sentenza inappellabile sull'invivibilità della terra che pure amano. Dicono: «Io qui non faccio crescere mio figlio. Non combatto una guerra persa. Prima che sia troppo tardi, lo porto via».

Ti volti e non li vedi piú. Quando se ne vanno, si aggrappano al primo riferimento disponibile, spesso ai parenti, che funzionano da parcheggi in attesa di sistemazione. Per loro, Roma vale quanto un'altra città (anzi, per quelli particolarmente determinati, piú lontano vanno meglio è).

Invece, i meridionali della prima fascia, cioè quelli preoccupati per se stessi, giunti a un certo punto della vita decidono che è arrivato il momento di andarsene a Roma. È lí che sentono il bisogno improrogabile di trasferirsi. Perché Roma è la meta ideale per mettere in campo dei progetti. Infatti, se chiedi a un meridionale che si è trasferito a Roma pur senza aver trovato un lavoro com'è che se n'è andato a vivere lí, facile che ti risponda: «Perché sto lavorando a dei progetti».

Che poi non si capisce in cosa consistano, questi progetti (perché non è che te lo spiegano), né, soprattutto, cosa significhi esattamente «lavorare a un progetto». Tant'è che non sai mai cosa dire, e provi anche dell'imbarazzo, quando ti senti rivolgere la frase: «Sto lavorando a un progetto».

Il fatto è che Roma ha quest'aura di progettualità che l'avvolge come fa la nebbia con Milano; come fosse attraversata da una specie di trenino virtuale del successo che ogni tanto fa salire qualcuno, e rende i progetti più realizzabili che al sud.

Che poi, e non sarebbe nemmeno il caso di dirlo, non è mica vero che se uno va a Roma realizza progetti. Però Roma ce l'ha, questa capacità d'infondere suggestioni di anticamera di progetti ad alta probabilità di realizzazione, e tanto basta, a uno che vuol realizzare progetti indefiniti.

Perché Roma è sí un grande centro del mondo, però è di bocca buona. Accoglie un po' tutti. Infatti è piena di progettisti che vivacchiano. Ripaga con la sua reputazione di grande centro del mondo il sacrificio di chi, pur avendola scelta come luogo d'elezione, non realizza alcun progetto e tira avanti con gli sforzi dei genitori decrepiti.

Viola entra zigzagando nella folla degli avventori che occupa stabilmente l'ingresso del locale, mi avvista a uno degli sgabelli del banco dove sono seduto già da una ventina di minuti sorseggiando il mio secondo calice d'Aglianico, viene a sedersi al mio fianco, si astiene platealmente dal salutarmi e anzi mi lancia un'occhiata aristocratico-sorniona, genere *Non sei niente di che ma potrei anche concederti di offrirmi da bere*, forse, quindi si sgancia la borsa dalla spalla, l'appoggia sul banco, inonda l'aria di quel profumo appena appena acre che le è sempre stato a meraviglia (segue infatti un silenzio-assenso generale che dura qualche secondo) e inchioda lo sguardo davanti a sé, aspettando che io raccolga la sfida.

«Okay pupa, l'hai voluto tu», mi dico.

Professionalissimo, manco avessi provato e riprovato la scena almeno tre volte al tavolo della cucina di casa servendomi di comparse virtuali, guardo il barman (cos'altro potrei fare, del resto?), che a sua volta interrompe uno shakeraggio in corso per valutare la mia prossima mossa (benché da come m'inquadri non credo mi ritenga all'altezza), indosso un sorriso da consumato figlio di puttana per poi sporgermi verso Viola e baciarla sfacciatamente sulla guancia, spiazzando del tutto il barman.

Viola, che ci ha preso piú gusto di prima, mi afferra

per il mento, mi tira a sé con aria di minaccia («Grande», penso) e, facendo in modo che il barman la senta, mi dice:

– Come fai a sapere che mi piacciono certe cose?

– Sono uno che si butta, – rispondo, non proprio subito.

Lei annuisce compiaciuta, mi lascia andare il mento come non sapesse cosa farsene e torna a voltarsi di fianco, riprendendo la sua postura falsoindifferente.

Mi ricompongo e guardo di nuovo il barman, che a questo punto ha la faccia di uno che non ha mai visto niente di simile (e sí che deve averne visti, di rimorchi, da lí dietro).

– Bevi qualcosa? – dico a Viola.

– No, ho fame, – riprende la borsa, spazientita. – Scendiamo.

(La sala ristorante è al piano di sotto).

– Non ti ricordavo cosí testadicazzo.

È il primo complimento che le faccio dopo che una cameriera con i capelli da nazi e un anello al naso che le sta a meraviglia ci ha accompagnati al tavolo e chiesto se la preferiamo naturale o frizzante, intanto.

– Non volevo mettere in imbarazzo il barista, hai fatto tutto tu.

– Mi hai sfidato.

– Era solo un modo di rompere il ghiaccio.

– Comunque sei in ritardo.

– Però siamo stati bravi, eh?

– Hai fatto tardi.

– Oookay.

Estraggo un cerchietto di pane farcito di brandelli di olive da un sacchetto di carta grezza accuratamente stropicciato (di quelli da panetteria, proprio) messo lí in funzione di cestino tra i piatti e i bicchieri. Fa molto chic usare questi reperti di vita reale, nei ristoranti dove un'amatriciana costa tredici euro.

– Cosí ti sposi, – dico; e in quel momento realizzo d'incespicare nelle consonanti. I due calici di vino che ho bevuto aspettando Viola mi hanno dato alla testa piú di quanto pensassi. Una delle cose che ho capito di recente è che sopravvaluto la mia capacità di reggere l'alcool. E anche il dolore, l'amore, la nostalgia, le punizioni che mi autoinfliggo, le interpretazioni truccate delle cose che mi accadono e di cui mi sforzo di convincermi, l'autocritica e l'eterocritica, la faccia che mi ritrovo da un anno a questa parte, l'attività fisica (nel senso di sportiva), i (pochi) clienti che mi telefonano di domenica per rompermi i coglioni con le loro paturnie senza neanche chiedere scusa, il cagnolino infiocchettato del terrazzo di fronte che guaisce tutte le mattine fra le sette e le sette e mezza come se gli stessero infilando una mazza da baseball nel culo, i libri che cominciano bene e si perdono per strada, il prossimo.

– Ma sí, – si stringe la mia particolare amica nelle spalle, – è fattibile, lo faccio. Ho anche smesso di prendere la pillola. Che cazzo me ne frega.

Lascio andare la fettina di pane insieme a un sospiro.

Gesto che Viola segue accuratamente con lo sguardo come a spernacchiarne l'enfasi.

Non raccolgo.

– Vorrei tanto essere come te, Violetta.

– Ma cos'hai che non va?

– Sto di merda.

– Non si direbbe.

– Lo dici per tirarmi su.

– No, davvero. Mi piaci come sempre. Anzi, ti trovo qualcosa in piú. Anche se non so ancora cosa.

«Ho-hoo!», penso.

– Sai cosa mi tormenta, in questi ultimi tempi? – dico, aprendomi. – I sogni. Ho un serial, nella testa. Va in onda tutte le notti. Quando mi sveglio mi butterei di sotto, tanto mi sento infelice.

– Ma abiti al primo piano.

– Molto divertente.

– E cosa succede, in questo serial?

– Sempre la stessa cosa. Lei se n'è andata, io la cerco, lei non risponde.

– Ammazza che plot.

– Vero. Ma non sai che dolore.

– Ti ha proprio sfasciato, eh?

– Sssí. Direi che hai reso il concetto.

– Ogni volta che ci sentivamo lo capivo da come glissavi sull'argomento che eri ancora impantanato.

– Apprezzavo la tua discrezione, infatti. Anche se dopo mi sentivo di merda.

– Lo so. Ero cosí triste per te, quando chiudevamo il telefono.

– Mi vergognavo di dirti che non riuscivo a venire fuori da quella storia, dopo tutto quello che ti avevo raccontato.

– Ma dopo di lei sei andato in sabbatico?

– No, c'è stata un'altra.

– Ah.

– Finita in due giorni.

– Hmm. Quindi è sempre lei che ti fa male, giusto?

– Sí. Vaffanculo. Sí. Dovevo fermarmi in tempo, lo so. Perché non ti ho dato ascolto?

– Non credo di conoscere nessuno che abbia mai dato ascolto a qualcun altro.

– Mi manca, Viola, – frigno.

– Piantala adesso, sei patetico.

– Hai ragione, scusa. Non volevo piangermi addosso, specialmente con te.

Allunga una mano, mi accarezza la barba.

– Ehi. Tu con me puoi dire quello che vuoi. E io lo stesso. Giusto?

– Giusto, – rispondo, cercando d'ingoiare la pallina da ping-pong che ho in gola.

– Però adesso dici a Lisbeth Salander di portarci il menu, che muoio di fame.

E sí, mi manca ancora. Per quanto incomprensibile possa essere, sento ancora la sua mancanza. La sento soprattutto in questo tipo di situazione, quando esco, quando mi siedo in un ristorante con qualcuno, quando viene un po' di sole dopo che ha piovuto, quando la gente intorno parla del piú e del meno, quando la normalità incalza. È soprattutto in quei momenti che mi domando che cosa ci faccio lí. Perché rimango. Perché non me ne vado. E perché quello che mangio non sa di niente. E perché delle cose che mi dicono gli amici, cose per le quali dovrei pure provare un qualche interesse, non m'importi assolutamente nulla. E risponda per pura cortesia, sperando che se la bevano e pensando che se pure non se la bevono fa lo stesso. E perché quando mi sembra di cominciare a rilassarmi, finalmente, vengo subito attaccato dal solito stormo di piccoli ricordi felici che vuole portarmi via da dove sto. E perché mi sembra di aver lasciato la vita da qualche parte. Ma dove?

Fanculo, va'.

Viola mi sta ancora grattando affettuosamente la barba quando nel locale entra un quartetto di quei maschi moderni che sanno godersi la vita. All'inizio Viola va in pausa (forse riconosce una voce), quindi ritrae colpevolmente il braccio e si arruffa un po' i capelli, probabile pantomima dell'essersi incasinata con le sue mani.

– Cosa c'è? – chiedo.

Domanda stronza, visto che lo so.

– Niente, – risponde infastidita.

Cosa mi aspettavo che dicesse, del resto: «Oh, sai, sono appena entrate quattro persone che conoscono me e il mio futuro marito e mi hanno appena beccata in atteggiamento intimo con un altro, porca di quella merda»?

– Non stavamo facendo niente di male, – sussurro.

– Infatti. Ora però sta' zitto, – ribatte mentre uno dei quattro si allontana momentaneamente dal gruppo che intanto si lascia scortare al tavolo dalla cameriera punk e viene verso di noi con un'andatura apertamente sadica.

Mi volto e lo schedo. Un po' più vecchio di me, calvo, lampadato, cafoncello, jeans strappati (oh, Gesú), Hogan, camicia slim fit scelta per mettere in risalto i peraltro modesti risultati che deve aver rimediato in palestra.

– Viola. Che sorpresa.

«Sorpresa? – penso. – Ma la gente si rende conto di quello che dice?»

– Ciao, Simone. Vi conoscete?

Intende noi due.

Il lampadato mi valuta dall'alto con una certa sufficienza, prima di dire, leggermente sarcastico:

– No. Credo proprio di no. Simone, ciao.

Ci stringiamo la mano come da protocollo e addirittura mi sorride, la merda.

– E allora, – osserva soddisfatto, rivolgendosi a Viola e guardandosi intorno come se l'architettura del locale fosse anche un po' merito suo, – anche tu frequenti questo ristorante.

– Per la verità è la prima volta che ci vengo.

– Infatti non ti ci ho mai vista, con Giulio.

Giulio avete capito chi è.

«Tre, due, uno…», conto fra me e me.

– Ti ha mai detto nessuno che sei un miserabile stronzo? – domanda (si fa per dire) a bruciapelo Viola, una volta sicura d'aver colto l'inqualificabile allusione.

Starei per ridere, ma mi contengo.

– Come, scusa? – chiede lui accompagnandosi con un battito di ciglia alla moviola, forse per prepararsi ad affrontare la sfuriata che sta per investirlo.

– Hai sentito benissimo.

– Non ti seguo, – prova a ribattere. Ma già la voce gli si è abbassata di un semitono.

– Mi segui eccome. Stai cercando di mettermi in imbarazzo perché credi di avermi colto in flagranza con un altro, e siccome sei un lavaportoni, ne hai immediatamente approfittato per venire a sbattermi in faccia la tua malafede e farmi sentire una zoccola. Ma il peggio è che Giulio ti considera un amico, pensa tu.

A questo punto il lampadato comincia a sudare, le esalazioni muschiose del deodorante si fanno continue, le labbra gli tremano, le mani anche. Era venuto tutto sicuro di sé e all'improvviso si ritrova nell'angolo a prenderle senza poter reagire, cosciente com'è che qualunque cosa gli uscisse di bocca sarebbe altra benzina su un fuoco che già divampa. Malgrado la tintarella artificiale è arrossito, una specie di luccicore pulsante gli astrattizza la faccia spingendosi fino alla pelata, facendolo assomigliare a una specie di lampione spompato.

Per un momento temo che possa decidere di picchiarmi per reagire indiscriminatamente alla frustrazione, cosí mi preparo spostandomi all'indietro con la sedia per guadagnare un po' di spazio (una capata in faccia gliela darei volentieri).

Dal loro tavolo, i suoi gaudenti amici sono cosí basiti dall'epocale figura di merda che il compare sta rimediando da avere addirittura interrotto la masticazione dei loro schifosissimi chewing-gum.

– Aspetta un momento, Viola, stai scantonando, – balbetta finalmente il poveraccio nel disperato tentativo d'interrompere la requisitoria. Che ha fatto piombare il ristorante in un silenzio drammatico, fra l'altro. Da qui vedo il cappello dello chef, se non mi sbaglio. Per quanto ne so (e non chiedetemi perché), se uno chef esce dalla cucina non per prendersi personalmente i complimenti di un cliente facoltoso, non è un buon segno.

– Cosa sto?!? – urla Viola. – Ma con chi ti credi di parlare, idiota? – si issa addirittura in piedi e gli punta il dito contro (a quel punto temo che il lampadato svenga dalla vergogna). – Stammi bene a sentire: tu non mi sei mai piaciuto, ma proprio mai, e se Giulio è cosí cecato da non vedere che razza di serpe sei solo perché ti conosce da quando avevate sette anni, posso anche passarci sopra. Ma se mi vieni a rompere i coglioni gli chiarisco un po' le idee. Anzi gliele chiarisco subito, guarda.

E detto questo, tira fuori il cellulare dalla borsa e compone un numero.

– Cosa stai facendo? – domanda il lampadato, con la slim fit ormai a chiazze.

– Chiamo il tuo compagno d'infanzia. Cosí gli comunico in diretta cosa stai facendo, visto che sa esattamente dove sono, cioè a cena con un vecchio amico, e voglio proprio vedere come reagirà quando gli dirò che ti sei permesso di trattarmi come una troia.

– Viola, ti prego, non era mia intenzione, te lo giuro, – annaspa.

Ma la mia cazzutissima amica ha ormai piantato lo sguardo nel vuoto e tiene il telefono rigorosamente incollato all'orecchio. Si sente suonare da qui. Ogni squillo sembra il tocco di un conto alla rovescia, per il sudatissimo temerario.

– Ehi, Severino, – gli dico.

– Simone, – mi corregge lui rincoglionito, senza riuscire a togliere gli occhi da Viola.

– Sí, vabèh, mi sa che è meglio se te ne vai.

– Cosa? – domanda, dopo aver deglutito un mezzo litro di saliva.

– Lascia perdere, – gli dico sottovoce, come se Viola non potesse sentirmi, impacchettata com'è nella sua postura determinata che sembra averla resa cieca e sorda a ogni sollecitazione, – ci penso io a farla riattaccare.

– Io... va... va bene, sí, forse è meglio, – fa lui, cercando disperatamente di fidarsi di me; quindi batte in ritirata.

Gli amici se lo riprendono. Chissà cosa gli racconterà,

poveraccio. Se le mie previsioni sono esatte, tra un po' si alzano e vanno via.

Viola si rimette a sedere, ma non molla il telefono.

– Oh, – le dico, – se n'è andato. Attacca, dài.

Neanche mi risponde.

Il telefono continua a squillare.

– Ehi? Che cazzo fai, vuoi davvero combinare un casino con il tuo fidanzato, adesso? Falla finita, no?

Guarda prima il tavolo dei quattro che, come da profezia, si stanno organizzando per lasciare questo posto, poi me.

– Sto chiamando casa mia, scemo. Se sono qui, chi vuoi che risponda?

E niente, abbiamo preso un antipasto e un secondo, poi Viola un tortino al cioccolato (scelgono sempre il tortino al cioccolato, le donne, al ristorante; e sempre dopo aver chiesto al cameriere di ripetere l'elenco dei dolci) e io una grappa.

Quando i Fantastici Quattro hanno levato le tende è tornata la pace, e in quell'atmosfera finalmente disinfestata gli altoparlanti Bose alloggiati come pipistrelli in varie nicchie dei muri hanno cominciato a diffondere della musica che boh, mica s'è capito con quale criterio l'avevano compilata. Tipo che all'*Aria sulla quarta corda* seguivano Caparezza, i Red Hot Chili Peppers, la colonna sonora di *Ufo: distruggete Base Luna* e *Il ballo del qua qua*. Una roba destrutturante. E il peggio era che in quella sequenza demenziale di pezzi inanellati a capocchia si percepiva – ma come una voce fuori campo, proprio – tutto lo sforzo di chi s'era messo d'impegno a concepirla, magari convincendosi che affiancare Jeff Buckley ai Cugini di Campagna fosse una scelta diversamente figa.

Viola era ancora incazzata, e quando uno deve smaltire un'incazzatura non gli va tanto di parlare, per cui mi sono messo a riesumare fatterelli easy listening per colmare il vuoto nell'attesa che la piantasse di soffiare aria e si rilassasse, e mentre ci davo dentro a recuperarne quanti piú potevo, pensavo pure che quel mio pescare affannato nel repertorio degli eventi a scopo di lenimento del cattivo umore di un'amica era una versione drammatica del racconto compulsivo delle barzellette, quando ne dici una e insieme prendi già mentalmente appunti per la prossima.

E cosí le ho parlato di una volta in cui, ma tanto tempo fa, m'ero trovato di sabato pomeriggio nello spogliatoio di una palestra che ho frequentato per, tipo, un mese e mezzo lordo, all'ora in cui dei ragazzini in età di scuola media si rivestivano dopo l'allenamento, e mentre m'infilavo la tuta avevo assistito a un loro indimenticabile dialogo.

Eravamo (dovevo pur inquadrarle il discorso) negli anni Ottanta, precisamente all'epoca in cui impazzavano i Duran Duran, quand'era impossibile accendere la radio e anche la tv senza essere bombardati dai loro pezzi e dai loro video, e tra i ragazzini, ma soprattutto tra le ragazzine, era scoppiata una mania che allarmava le famiglie e mobilitava gli psicologi.

Sono rimaste nella storia del fanatismo, le ho detto, le veglie delle sbarbine nostrane davanti agli stadi, agli studi televisivi, ai ristoranti e agli alberghi frequentati dai Duran quando venivano in tournée in Italia; e un giornalista particolarmente attento a questo tipo di fenomeni, Red Ronnie, ne tampinava quante piú poteva con una passione da ricercatore, consegnando poi alle tv commerciali per le quali lavorava degli straordinari documenti antropologici.

Una delle ragazzine intervistate dichiarò d'essersi scaraventata nella hall di un albergo dove alloggiava il gruppo per aspirare gli avanzi di fumo della sigaretta schiacciata da Simon Le Bon poco prima che tornasse nelle sue stanze.

Un'altra patí un mancamento fulminante, di quelli a rischio capata contro l'asfalto, quando vide scendere Nick Rhodes dalla macchina che accompagnava il gruppo a una conferenza stampa; e quando Red Ronnie, compiuta la (velocissima) rianimazione, le piazzò sapientemente il microfono davanti alla bocca, la ragazza dichiarò con un filo di voce di amarlo alla follia (Nick Rhodes, non Red Ronnie).

Un'altra ancora si scagliò a graffi e calci contro un'amica a suo dire colpevole di averla lasciata indietro, aprendosi un varco per lei sola nella barriera delle guardie del corpo, riuscendo cosí ad abbrancare John Taylor e a schioccargli addirittura un bacio sulla guancia.

Un'altra urlava a squarciagola in mezzo alla strada il nome di Simon, manco poi si conoscessero, con una disperazione commovente, non sapendo però neanche in quale direzione inviare l'urlo.

Un ricordo indimenticabile che conservo è quello della lettera (pubblicata su un giornale specializzato, probabilmente «Rockstar») che una fan aveva cercato di far recapitare al gruppo insieme a un orsacchiotto di peluche allegato alla missiva come gadget della sua devozione. Una delle prime domande che la ragazza faceva in quella lettera era, testualmente: «Quando mangiate i piselli, li infilzate o li schiacciate?»

Bene, nel contesto socioculturale brevemente delineato, ecco lo scambio di battute a cui ebbi il privilegio di assistere, che mi lasciò felicemente allibito (giuro di dire tutta la verità, nient'altro che la verità).

Un ragazzino fa all'altro:

– Hai sentito l'ultimo dei Duran Duran?

E l'amico:

– Non mi piacciono i Duran Duran.

– Come fanno a non piacerti? – chiede il primo, scandalizzato.

– E non lo so. Non mi piacciono e basta.

– E allora chi ti piacciono, gli Spandau Ballet?

Che poi era il gruppo rivale, al tempo; quello dove cantava Tony Hadley, che di recente ha prestato la sua bella voce al refrain di *Goodbye Malinconia* del già citato Caparezza (notevole pezzo, fra l'altro).

– Non mi piacciono nemmeno quelli.

– Sei proprio strano.

– Non sono strano.

– Sí che lo sei. Se non ti piacciono i Duran Duran e nemmeno gli Spandau Ballet.

– Mi piacciono i dischi di mio padre. Un gruppo favoloso, certe canzoni una piú bella dell'altra. Si chiamano Beatles.

– E chi sono?

– Non lo so, ma la loro musica è bellissima.

– Che fai, ti senti la musica dei vecchi? Chi li conosce, 'sti Beatles. Non sono meglio i Duran Duran?

– Tu vieni a casa mia, un giorno. Te li faccio sentire. E poi mi dici se non sono meglio dei Duran Duran.

– L'hai inventato, – mi ha detto Viola, fingendo di scagliarmi il tovagliolo in faccia.

Mi sono scansato d'istinto, e poi:

– Ma perché nessuno ci crede, quando lo racconto?

– Perché è… – fa vagare lo sguardo nell'aria per cercare la parola, – … demagogico.

– Ma è vero, te lo giuro.

– Be', se è cosí hai avuto un gran culo.

– Non mi è mica entrato qualcosa in tasca.

– E allora? Io al tuo posto mi sentirei fortunato.

Ci ho pensato su.

– In effetti è una delle cose piú sorprendenti che mi siano capitate. Una rivelazione. Meglio: la conferma dell'esistenza di qualcosa d'immanente. Diciamo, un miracolo laico.

A questo punto Viola s'è versata dell'acqua e ha dato una lunga sorsata.

– Ma perché devi farla sempre tanto lunga? Non bastava raccontare l'episodio?

Touché. Sono rimasto senza parole.

– Oh, – ha fatto lei, – guarda come sei arrossito.

Ho voltato la testa di lato, mortificandomi.

– Ehi, – è corsa subito ai ripari toccandomi una mano, – era una battuta.

– È da quando se ne sono andati quegli stronzi che mi spertico per levarti quel muso dalla faccia, e invece di apprezzare i miei sforzi mi fai le pulci.

– Scusa.

– E che cazzo.

– Ho detto scusa.

– E non ridere.

– Okay.

È stato allora che nel ristorante hanno cominciato a diffondersi le note dell'assolo di chitarra introduttivo di *Forte forte forte*, e io sono andato in stallo, piacevolmente sorpreso dall'evidenza che il mio recente interesse culturale per Raffaella Carrà trovasse un cosí impeccabile riscontro nel mondo esterno.

D'accordo, il dj che aveva elaborato la playlist era un poveraccio, e con ogni probabilità aveva scelto quel vecchio pezzo di Raffa senza sapere cosa faceva; tuttavia la coincidenza mi aveva inondato di nuova fiducia. Come se la realtà avesse intercettato una mia intuizione e me la stesse restituendo nella piú ineccepibile delle forme. Come se l'improvvisa trasmissione di *Forte forte forte* fosse venuta a dimostrarmi che avevo anticipato un revival.

E infatti avevo un file fresco fresco fresco sulla scrivania del computer, a casa.

Se c'è una canzone, fra quelle di Raffaella Carrà, che non la manda a dire, quella è *Forte forte forte* (1976, di Malgioglio - Bracardi).

Il pezzo, una piacevolissima ballad con sprazzi chitarristici blues alla Clapton, è il disinibito coming out di una donna felicemente consegnata alla poderosa virilità del suo amante.

L'atmosfera è intima, penombrosa, evocativa della leggera tensione che aleggia in camera da letto poco prima di un amplesso; l'andamento caratterizzato da una lentezza apparente, che si muove con sinuosità nella direzione di un crescendo che nel refrain trova completa espressione.

A chiudere gli occhi, s'immagina.

Dopo una brevissima introduzione che pare venire un po' da lontano (quasi a volerci dire che quello che sta per succedere non è la prima volta che capita), la calda voce di Raffa annuncia la venuta del maschione con una sensualità che lascia pochi dubbi in merito allo sviluppo della faccenda:

> Quando chiude gli occhi e tocca la mia bocca, lui
> sento allora che qualcosa sta arrivando
> Poi rimango vuota e ferma in quel momento
> non vi dico allora allora cosa sento

Siamo nel '76: dichiarare con tanta nonchalance di restare *vuota e ferma* in attesa dell'accoppiamento, cioè scegliere in piena consapevolezza un ruolo essenzialmente passivo, lasciando al maschio la leadership della copula, è un atto in spavalda controtendenza rispetto alle nuove acquisizioni che il femminismo sta già energicamente diffondendo in Italia, e che rivendicano sul piano ideologico il diritto al protagonismo della donna nell'atto sessuale, oltre che nella vita di coppia.

La ragazza della canzone, invece, è serenamente disinteressata alle evoluzioni culturali che la circondano, se ne fotte alla grande del mondo che cambia: vuole essere dominata, perché le piace cosí, e non solo lo dice, ma addirittura celebra le gesta dell'amante abbandonandosi a una specie di gospel:

> Forte forte forte forte
> Mi bacia
> forte forte forte forte
> Mi tiene
> forte forte forte forte
> Mi prende
> forte forte forte forte
> Poi gioca
> forte forte forte forte
> Mi ama
> forte forte forte forte
> Poi parla
> piano piano piano piano
> È fatto cosí

Ascoltando la strofa immediatamente successiva abbiamo poi ragione di credere che, senza nulla togliere alla prestanza dei protagonisti (in particolare del conducente), la coppia abbia qualche credito da recuperare, perché lo stallone, a servizio compiuto, si guarda bene dall'assopirsi (come sarebbe fisiologico al termine di una trombata particolarmente energica), ma addirittura si alza per preparare *un'altra tazza di caffè* – un'altra! – quindi andare a servirlo all'amante prima che faccia in tempo a prendere sonno, ricoprire *con qualcosa l'abat-jour* (mai sottovalutare l'importanza dell'atmosfera) e passare alla serie successiva di addominali.

A questo punto segue una serie di *Nananananananana* che ricorda un po' *Rumore*, ma l'inserto è da leggersi come una citazione, una sorta di marchio di fabbrica carraiano messo lí a certificare il prodotto.

Subito dopo, con un effetto destabilizzante che mai ci saremmo aspettati al termine di una dichiarazione d'appagamento cosí inequivoca da rischiare di dividere il pubblico in invidiose da una parte e ansiosi da prestazione dall'altra, la protagonista si lascia andare a un down postorgasmico, una depressione da ritorno alla quotidianità che registra con rassegnata insofferenza:

> Poi domani odio tutto, anche il bene che dà
> e mi sento come fossi a mani vuote

Odio tutto, anche il bene che dà: sembra un passo indietro, una ritrattazione, la svalutazione di un affetto che, calato nella prassi abitudinaria dei giorni uguali, perde la carica espressiva che libera nell'intimità e diventa poca, inservibile cosa (*e mi sento come fossi a mani vuote*).

Questa concezione affaticata e pessimistica dell'esistenza è nel sesso che trova riscatto, quasi che soltanto in quel frangente ci fosse la possibilità di una vita meritevole d'essere vissuta:

> E vi giuro che nessuno può capire com'è
> quando lui mi tiene stretta forte forte a sé

Questa preminenza attribuita al sesso nella scala dei valori che contano è del resto variamente presente nella discografia di Raffa, e raggiunge l'apice in uno dei suoi piú grandi successi, *Tanti auguri* (1978, di Boncompagni-Pace-

Ormi), canzone identificata dal grande pubblico con la prima strofa del refrain, *Com'è bello far l'amore da Trieste in giú*, una vera e propria apologia dell'accoppiamento fine a se stesso, dove la protagonista racconta la gioiosa spensieratezza di attraversare la penisola rimorchiando amanti in lungo e in largo, *in campagna ed in città*, fuori da ogni discriminazione sociale e augurandosi (come da titolo) che il messaggio d'amore sproblematizzato e rigorosamente antimonogamico che diffonde nel corso del tour italiano raccolga consensi e faccia proseliti:

> Com'è bello far l'amore da Trieste in giú
> Com'è bello far l'amore, io son pronta, e tu?
> Tanti auguri
> a chi tanti amanti ha
> Tanti auguri
> in campagna ed in città
> Com'è bello far l'amore da Trieste in giú
> l'importante è farlo sempre, con chi hai voglia tu
>
> E se ti lascia, lo sai che si fa?
> Trovi un altro piú bello
> Che problemi non ha

Piú chiaro di cosí.

Dovevo avere proprio una bella faccia soddisfatta mentre ripensavo alla mia lettura di *Forte forte forte* e *Tanti auguri*, perché dopo un po' che stavo lí a compiacermi Viola mi ha chiesto cos'era a farmi sentire cosí fiero di me, tutt'a un tratto (è una donna particolarmente capace di cogliere le sfumature), e siccome non mi andava di esporle i risultati delle mie recenti riflessioni, ho ripiegato su un paio di film rivisti di recente su Sky che avevano sollecitato il mio senso critico spingendomi addirittura a scriverne, e lei mi ha chiesto Scriverne per chi, e io ho risposto Per me, e lei ha detto Màh, e malgrado l'interruzione (che mi ha messo anche un po' in imbarazzo) s'è addirittura fatta sotto con la sedia per dimostrarmi quanto fosse interessata all'argomento (probabilmente per farsi perdonare la freddura di poco prima).

Quando poi le ho detto che si trattava di *Superman Returns* e *Basic Instinct 2*, mi ha fatto i complimenti per la scelta.

Al che l'ho avvisata che se solo provava a fare un'altra battuta le tiravo la grappa in faccia, dato che, per quanto concerneva l'ultimo Superman, era evidente, e per questo molto grave, che ignorasse quanto l'universo supereroico avesse contribuito a fondare l'immaginario della mia generazione; secondo – e qui venivamo a *Basic Instinct 2* –

che al suo posto ci avrei pensato attentamente prima di sottovalutare le rivolte ormonali che ancora oggi Sharon Stone riesce a sollevare con un semplice accavallamento di gambe.

– Ma è tutta rifatta, – ha detto Viola.

– Ah, sí? Be', io me la rifarei volentieri, – ho risposto.

– Vaffanculo, – ha ribattuto Viola indignandosi ed evitando di guardarmi in faccia per i successivi dieci minuti.

Le donne prendono sempre malissimo il fatto che un uomo (specie un uomo con cui hanno scopato) dichiari in loro presenza un interesse sessuale per un'altra donna anche assente; e poco conta che l'altra donna, oltre che assente, sia anche irraggiungibile, come nel nostro caso Sharon Stone: quando dici che te la faresti, e lo dici in modo che si capisca che se per assurdo ti capitasse l'occasione non ci penseresti due volte, Sharon Stone per loro perde ogni valore simbolico, diventa una qualsiasi, viene chiamata a misurarsi sul libero mercato al pari di chiunque altra.

Dopo un po' che stavamo lí a non parlarci, ho pensato che fosse il caso di uscire dallo specifico e allargare i nostri orizzonti di dibattito.

– Lascia che ti confessi una cosa: io non so riconoscere i lifting. Ho uno scarso spirito di osservazione in materia di restauri. Lo so che tutti dite che bisogna essere cecati per non vederli, ma io non ci riesco neanche se me li indicano, per cui sono immune da quel genere di pregiudizio.

– Be', dovresti imparare. Perché ridotto come sei potresti farti portare all'altare dall'ultima siliconata che te le sbatte in faccia.

– Okay, ora ascolta. *Basic Instinct 2* è una cacata, lo so. Ma lei è comunque fantastica. Non trovi che recitare divinamente in un film di merda sia la vera prova della grandezza di un attore?

– Io quando vedo un bravo attore in un film di merda m'incazzo. Vuol dire che non sa scegliere i film che fa.

Al che non ho piú saputo cosa dire.

– Stavolta non volevo, – ha detto Viola alzando tutt'e due le mani come fosse venuta meno alla parola data senza accorgersene.

M'è scappato da ridere.

– Senza offesa, – ha chiosato lei, – ma stasera non ne azzecchi una.

Come darle torto?

– Tu comunque sei molto piú bella, – ho detto, dopo qualche minuto di silenzio.

– Ooh, adesso sí che ragioniamo.

Indovinate com'è andata a finire, dopo.

D'accordo, lasciamo perdere *Basic Instinct 2*. E non parliamo neanche dell'*1*. Prendete *Broken Flowers*, in cui le basta passare una notte con Bill Murray e poi uscire di scena per lasciarti quel film impresso nella memoria per tutta la vita; oppure la seconda stagione di *Huff*, dove interpreta una p.r. in carriera accusata di aver frodato dei clienti che simula un attacco di epilessia per sfuggire alla galera, per capire di cosa stiamo parlando.

Guardatela, e lasciatevi corrompere dal suo humour sensuale. Dal suo fingere di non sapere che schianto è. Da quei sorrisi sornioni che concede a chi le parla come già sapesse quel che le dirà di lí a un attimo, senza che questo le impedisca di prestarsi al gioco, e soprattutto di prenderci gusto. Dalla sua fosforescenza biologica. Da quel talento naturale nel disegnare nell'aria, semplicemente muovendosi, delle curve quasi piú belle delle sue. Dall'incantevole malizia con cui allude a trascorsi inesistenti con i potenziali amanti che approccia. Quando si avvicina all'uomo che vuol sedurre (e dunque, attraverso di lui, al pubblico) e gli sprofonda gli occhi negli occhi, non gli dice: «Muori dalla voglia di scoparmi, vero?»; ma: «È stato bellissimo. Dovremmo proprio rifarlo».

Questo deve fare un sex symbol: lasciarti con il sospetto, per quanto assurdo, che fra voi due ci sia stato qualcosa.

Superman Returns l'avevo già visto al cinema, di sabato, alle quattro del pomeriggio, orario in cui solitamente i genitori accompagnano i bambini a vedere questo genere di film.

Era il mio terzo esperimento nella stessa sala, nello stesso giorno e alla stessa ora, dopo *Batman Begins* e *I Fantastici Quattro*; e per la terza volta dovevo constatare che la quasi totalità del pubblico era costituita da adulti: il che mi confermava, come sospettavo da tempo, che i supereroi ormai respirano con le bombole. Come i gruppi rock che si riuniscono in età senile per richiamare pubblici poco meno vecchi di loro che vanno a vederli piú che altro per sapere come stanno.

La capacità dei film supereroici di chiedere asilo all'immaginario infantile e preadolescenziale contemporaneo – come paradossalmente dimostra il loro moltiplicarsi a manetta, quasi si volesse approfittarne prima che il filone si estingua – sta mostrando la corda.

Questo bisogno di aggiornamento, di rilancio di un modello esausto, è del resto dichiarato in molti titoli tratti da vecchi fumetti di successo: *Batman Begins*, *Superman Returns*, *X-Men: l'inizio* (qualche anno fa ci fu addirittura uno scaramantico *Batman Forever*), e cosí via.

Ma il problema delle ripartenze, com'è noto, è il rientusiasmo. Perché, come sanno tutti quelli che ci hanno provato, non è possibile rientusiasmarsi. È come cercare di salvare un amore alla frutta: ci provi, ma non ce n'è piú. E non è un caso che il vero protagonista di *Superman Returns* sia (non – appunto – il ritorno dell'uomo d'acciaio sulla Terra dopo cinque anni d'assenza), ma la kryptonite (l'unico metallo nocivo all'eroe), vale a dire una metafora aliena dell'amore.

Perché questo nuovo Superman, che sventa disastri aerei, ignora il piombo rovente delle mitragliatrici, ristruttura grattacieli a mani nude, salda ponti con i laser oculari e spegne incendi con il supersoffio, è soprattutto un deluso in amore, un cuore gonfio di disperata malinconia.

Lois Lane, l'unica donna che abbia mai amato (e sua ex collega al giornale in cui lavorava nei panni borghesi di Clark Kent), durante la sua assenza ha fatto essenzialmente due cose: ha vinto il Pulitzer con un editoriale intitolato *Perché il mondo non ha bisogno di Superman* (roba da dirle: «Grazie, eh»), e s'è messa con un altro, facendoci pure un figlio (roba da dirle un'altra parolina, che un superuomo d'altri tempi non si sognerebbe mai di pronunciare).

Tutto il film, malgrado le acrobazie del Nostro, ruota intorno all'amore mancato e all'impossibilità del superuomo di rimetterlo in piedi, come fa quando raccoglie gli aerei che precipitano un momento prima dello schianto. Una visione kryptonitica dell'amore, insomma, che dovrebbe insegnare ai ragazzini a guardare con occhio tragico al principale sentimento della vita.

In questa infelicità cronica dell'eroe che ha il compito filocristologico di salvare il mondo (espiando la riuscita dell'impresa nell'amore mancato), è racchiuso il modello «supereroi con superproblemi» inventato da Stan Lee, papà dei personaggi Marvel e primo autore di comics a scommettere sulla paperinizzazione dei supereroi (chi non ha mai notato la somiglianza fra l'Uomo Ragno e Paperino?), dunque sulla vera caratteristica che ha permesso a questo genere di fumetti di conquistare un pubblico mondiale, e cioè la sfiga.

Un supereroe vincente è inammissibile. Un eroe, per essere super, dev'essere sfigato. Non può avere piú di una donna per volta, e se ce l'ha, dev'essere infelice anche con quella. Non può essere ricco, e se lo è (come nel caso del multimiliardario Bruce Wayne, alias Batman), è inevitabilmente solo (al massimo, vive con un cameriere che gli stira il costume da pipistrello e gli parcheggia la batmobile quando rientra dalle scorribande notturne). La sua fama è legata esclusivamente alla funzione eroica, dunque inspendibile a livello privato. È una fama Onlus, che non produce utili, riconoscimenti, bella vita, piacere. Il supereroe, come dicono a Napoli, non ne ha bene. È condannato a una vita grama, e quasi sempre anonima. Deve patire i superpoteri e desiderare di perderli (infatti non c'è parabola supereroica che non comprenda questo passaggio e quello successivo, cioè la restituzione dei poteri all'eroe che li ha persi, riconsegnandolo all'infelicità).

Se cosí stanno le cose, è inevitabile che nell'epoca del tronismo televisivo e dei reality show, questo modello non attacchi piú. I ragazzini non vogliono piú andare a vedere i supereroi il sabato pomeriggio (o non vogliono piú andarci come prima) perché hanno semplicemente capito che non conviene desiderare essere Superman. Molto meglio salvare se stessi, non l'umanità. Aspirare al successo e goderselo se arriva. Essere riconosciuti per strada (altro che identità segreta del supereroe), godersi la vita e avere amanti a volontà (accogliendo gli auguri del celebre pezzo di Raffaella).

La sfiga è passata di moda. Non si porta piú. Non nobilita piú. Il supereroe è una macchietta retorica d'altri tempi. Reality killed the comic star.

– Sa che la vedo piú luminoso? – osserva Mr. Wolf.
Giusta impressione, ma non mi va di dirglielo.
– Trova?
– Sí. Ha un viso piú aperto. Ci vedo un alone di sere-
nità che le altre volte non c'era.
– In altre parole, avevo una brutta faccia.
– Ho detto questo?
Fisso un punto qualsiasi dell'indiscutibilmente orrendo
paesaggio urbano appeso alla parete alle sue spalle mentre
cerco la risposta da dargli.
– Diciamo che ho fatto una traduzione letterale del suo
commento.
– Si accontenta di poco.
– In che senso, – ribatto invece di stare zitto come dovrei.
Lui glissa e rilancia.
– Anche nei rapporti sentimentali traduce spesso alla
lettera?
Ci resto come quando l'oroscopo conferma le angosce
che ti attanagliano da almeno una settimana, e mentre ti
si stringe il culo all'idea che il destino stia parlando in codice, fingendo di rivolgersi a un pubblico vasto per farti
capire ancora piú chiaramente che è con te che ce l'ha, ti
chiedi perché quell'astrologo lí non s'impiccia degli affa-

ri suoi invece di dedicare la sua vita a sputare sentenze su quella degli altri, e chi ti ha cecato a te d'intossicarti la giornata dando credito a queste cose, soprattutto, che fra l'altro non ci credi neanche.

– Questa non l'ho capita, – dico. Ma temo si veda che sto mentendo.

– Io credo di sí.

Sbuffo. Ho una gran voglia di rendermi antipatico.

– A volte mi pare di fare i cruciverba facilitati, con lei, dottore. Come se mi accennasse un concetto e si aspettasse che lo concluda.

– Sa invece cosa penso?

– Eh.

– Che siano tante, le cose che non mi dice. Anzi, che non mi stia parlando di niente.

«E cosí l'hai capito», penso; e in quell'esatto momento scopro di sentirmi come quando in amore recito un impegno contrattuale che non ho intenzione di assumermi, e tuttavia non sopporto che me lo si sbatta in faccia quando inizia a palesarsi che sto per tirarmi indietro; allora mi ostino a mantenere la posizione e cerco di dare la colpa a lei.

Solo che il punto, qui, è che se in un rapporto d'amore questo giochetto di contraddizioni e scambi di colpe piú o meno sleali può essere giustificato dal fatto che con la tipa a cui non dici esattamente come stanno le cose ci fai, appunto, l'amore (nel senso piú ampio del termine) – e nell'amore una ragione dev'esserci comunque, anche quando fai fatica a trovarcela –, non si capisce quale ragione io debba avere nel prestarmi a questi battibecchi a pagamento con un tipo a cui – è vero – non mi va di raccontare un cazzo.

– Si sbaglia, – dico.

– Non credo.

122

– Va bene, – lo assecondo polemicamente, – allora non si sbaglia.

Arretra con tutta la poltrona, volge lo sguardo alla finestra, mette un muso a metà fra arrabbiato e pensieroso, si ritira in raccoglimento.

Nel frattempo accendo una sigaretta e la fumo quasi tutta.

– Penso sarebbe opportuno interrompere le nostre sedute, – delibera, quando finalmente la meditazione si conclude.

– Che cosa? – chiedo, accusando un'inaspettata oppressione.

– Credo che venire qui non le serva a nulla, – afferma lui, con una calma inquietante.

– Come fa a dirlo?

– Lei non si fida di me. Lo sento. Lo so.

«Merda», penso.

– E da cosa lo deduce, scusi?

– Da come polemizza su tutto. Dalla sua indisponibilità ad abbandonarsi alle domande che le faccio. Dalla nessuna voglia che ha di mettersi in discussione, perlomeno con me. Dal suo commentare le cose prima di raccontarle. Dalle versioni accuratamente censurate che mi rifila e si aspetta che mi beva. Ho imparato a riconoscere la sua reticenza con una puntualità che neanche s'immagina. E non riesco a scalfirla. Ci ho provato, mi creda. Ma non posso, se lei non vuole. E lei non vuole, glielo dico io.

Piombo in un silenzio colpevole. Potrei obiettare qualcosa, ma a un tratto patisco una schiacciante mancanza di motivazione alla difesa.

Mr. Wolf coglie perfettamente il mio stato d'animo (non che ci voglia molto, del resto), e passa a darmi il colpo di grazia.

– Mi sbaglio? – domanda, posando le mani sulle ginocchia e piegandosi in avanti per cercarmi gli occhi. Una postura che non sopporto, fra l'altro.

– No.

Annuisce una roba come sette volte di seguito.

– È già qualcosa.

Si alza. Praticamente m'invita a fare lo stesso.

Un sollievo tragico mi issa in piedi e mi conduce alla porta.

Mr. Wolf mi precede, si rivolge alla segretaria in codice facciale per comunicarle di astenersi dal farmi pagare la seduta.

Non ci provo neanche a oppormi.

Semplicemente vado via.

Ecco come sei fatto, tu. Non sopporti le rotture. Neanche con gli psicologi. Anche se fino a pochi minuti prima hai lavorato per ottenerle, quando arrivi al dunque vorresti fare retromarcia. Vuoi e non vuoi, lasci e prendi, è questo il tuo problema.

Senti, io non ne posso piú di sapere qual è il mio problema. Anche perché me ne comunichi un paio al giorno. Facciamo una bella cosa, stiliamo una classifica e l'aggiorniamo ogni settimana, come quelle dei libri, che dici? Almeno immettiamo un po' di competizione e ravviviamo il tema.

Mica una cattiva idea.

Hai visto.

Oh. Ma che, ti vengono i lucciconi?

Lasciami perdere.

Eddài, non fare cosí, ridi un po'.

E di cosa dovrei ridere?

Be', ti sei fatto sbattere fuori da uno strizzacervelli. Non ti fa ridere?

Un po'.

Ormai sei un album di figurine di merda, te ne rendi conto?

Uffàh...

Anche lo schiaffo morale di abbuonarti la seduta.

80 euro, buttali via.

Mi dici perché non riesci a dimenticarla?

E questo che megacazzo c'entra, adesso?

Ah, non sai di cosa sto parlando? Non è forse lei il motivo per cui vai a tre? Non è per quello che you can't get no satisfaction? Che vai in giro con quella faccia appesa da... quanto, un anno? Due? Non è forse vero che non riesci ancora a perdonarti d'avergliene passate tante solo per ritrovartela piú incattivita di prima, mandando in merda i tuoi sforzi?

C'entra niente con Mr. Wolf, mavabèh.

Ricorda l'insegnamento della nonna inglese: A woman with some balls, in addition to a nice pair of boobs, knows how to keep her man. Una donna che abbia un po' di palle, e non solo un bel paio di tette, sa come tenersi il suo uomo. Anche perché, diciamolo, ci vuol mica poi tanto.

Nonna inglese? Una era di Postiglione, l'altra di Castelpagano.

Fa niente, l'avrebbero pensata cosí.

Ma va' a cagare.

Sai qual è il tuo probl... Cristo santo, guarda là.

Cosa?

Il cartello dell'Algida, l'hai visto?

Il cart... oh mio Dio.

Vi ricordate il *Carrarmato* Perugina? E il *Tin Tin* (Alemagna, mi sembra)? E il *Ritmo*? E il *Soflì* (che poi era una tavoletta di cioccolato coi buchi e le bolle, che adesso si trova negli autogrill ma si chiama in un altro modo)? Chissà se c'è ancora la *Girella*, per la quale inventarono uno slogan indimenticabile, letteralmente da favola. A me piaceva un sacco il *Kit Kat* (le barrette di wafer staccabili, ricoperte di cioccolato), ma non posso lamentarmi della sua mancanza perché ancora lo fanno. Peccato.

Io non conosco nessun over 40 che, a nominargli una merendina della sua infanzia, non manifesti un principio di commozione. E annuisca mestamente, assumendo quella postura delle sopracciglia a tettuccio di casa di campagna tipica del rimpianto archiviato, del senso di colpa per qualcosa che si sarebbe potuto fare e non s'è fatto: baciare la compagna di banco o impedire l'estinzione del *Carrarmato*.

Uguale alla malinconia da recherche della merendina perduta è quella dei gelati confezionati di una volta. Pensate, p. es., all'*Arcobaleno*, il ghiacciolo multicolore alla portata di tutte le tasche, la cui suzione richiedeva almeno tre quarti d'ora d'impegno e illividiva la lingua per giorni; o al *Camillino* (il vintage, col disegno di Jacovitti sulla confezione, non quello che fanno adesso, che non gli somiglia neanche): testimoni irreperibili di un passato rimosso che ha ceduto il posto a gelati dai sapori raffinatissimi e speziati, prodotti addirittura in serie limitata e reclamizzati da strafighe famose in abito da sera che li chiamano con nomi da biancheria intima per coppie con problemi di copula.

Le aziende devono aver intercettato queste nostalgie di mezz'età, altrimenti non si spiegherebbe come mai da qualche tempo si lanciano in resurrezioni last minute che rischiano di farti prendere un colpo quando ti c'imbatti (come nelle soap opera, quando torna un personaggio che aveva tirato le cuoia nella stagione precedente).

Esattamente quello che sta succedendo a me in questo momento davanti al bar che espone la locandina metallica dei gelati Algida con sopra il *Croccante* al cacao: una delle invenzioni, per intenderci, che hanno reso memorabili gli anni Settanta. A un certo punto, non s'è mai capito perché, è andato in prescrizione cedendo l'intero portafoglio clienti (e di conseguenza l'esclusiva) al concorrente all'amarena (nettamente inferiore, almeno per noialtri aficionados della versione cacaoica).

L'emozione (questa sí autentica) che sul momento mi attanaglia è tale che ho la tentazione di tirare dritto e far finta di niente. Ho paura che vada a finire come con quei film che ricordi solo per frammenti sfocati, di cui non sapresti assolutamente dire titolo, interpreti e regista, ma che custodisci nella memoria con una cura particolare, in scatoloni virtuali con la scritta FRAGILE, come contenessero una grazia che in seguito non hai piú trovato in nessun altro film; poi una sera accendi la tv, finisci su una rete locale e a un tratto, come un'epifania, nel sentire una battuta di dialogo o andando dietro a un'attrazione ambigua che all'improvviso t'è venuta per un minuscolo dettaglio scenografico, realizzi che è quello il film che si è nascosto nella tua memoria per tanti anni, e finalmente ogni cosa si definisce, i volti degli attori si riempiono, gli dai un nome e ne ricostruisci brevemente la filmografia sottoponendoli a un flash forward che in un lampo li porta all'apice di una carriera che allora neanche immaginavano li attendesse (questa consapevolezza ti fa sorridere, come ne fossi parzialmente artefice), e mentre tutto si compie, la storia si palesa e si semplifica lasciandosi persino prevedere (perché poi – anche se ti rincresce ammetterlo – non è che contenesse queste gran trovate), e addirittura i comprimari perdono l'anonimato e si lasciano disporre uno alla volta in questo e quell'altro film in cui t'è capitato di vederli, sicché a quel punto ti manca solo una navigata in rete per risalire al regista (sull'identità del quale, peraltro, stai anche già scommettendo con te stesso), e capisci che adesso è davvero tutto finito, che quell'esattezza ti ha sterminato l'immaginazione, l'ha invasa e rovinata per sempre. Definendoti il ricordo te l'ha tolto, l'ha fatto diventare un file che puoi aprire quando vuoi, con un semplice click, e curiosarci dentro come un comune guardone.

Per cui lo faccio, fingo di non aver visto, lascio il *Croccante* al cacao nella sconosciuta terra dei desaparecidos (benché muoia dalla voglia di riassaporarlo), e vado avanti per la mia strada.

Tanto per restare in tema di over 40, una delle paraculate piú comuni fra noialtri è quella della sfiga per annate, una sorta di tendenza inspiegabile del destino ad accanirsi in maniera premeditata contro generazioni circoscritte di maschi etero (quaranta/cinquantenni, appunto), i quali si troverebbero puntualmente dalla parte sbagliata al mutare delle convenzioni sessuali del proprio tempo.

La teoria in questione, che lo sfigato per annate espone alla presenza di un pubblico preferibilmente misto, viene formulata all'incirca cosí:

«Quando avevamo vent'anni, le ragazze volevano i quarantenni. Quando abbiamo compiuto quarant'anni, volevano i ventenni. Ormai non ci speriamo neanche piú che venga il nostro turno».

Segue risatina compiaciuta e grappolo di teste che annuiscono, vittimizzandosi con ammirevole humour.

In questa scenetta, è chiaro, si nascondono (e neanche poi tanto) l'ipocrisia di ritorno di chi ammette la sfiga per negarla, l'intento di darsi un fascino da perdente nella speranza di aizzare la componente crocerossina che alberga in ogni donna e la induce saltuariamente a concedersi a scopo di volontariato (qualche volta trovandoci anche gusto, la verità), oppure (peggio) il bisogno di autorappresentarsi in una versione sorniona e ambigua, da vecchio marpione che afferma di aver perso colpi solo per lasciar intendere che invece ne dà ancora, eccome se ne dà, provare per credere.

Sul piano drammaturgico, il problema di questa scenetta è che, per quanto ci si metta d'impegno, non ispira solidarietà, e soprattutto non fa ridere. Perché non ci si crede. Perché è falsa, anche se dice la verità. Ed è falsa non perché quello che si dichiara sfigato poi non lo sia, ma perché autodenunciandosi cosí platealmente vuol far credere di aver risolto la sua tragedia. Per cui il suo umorismo acquista una tetraggine di ritorno che gli ritorna appunto in faccia con la potenza sputtanante di un boomerang biografico.

Mentre dal letto la guardavo rivestirsi pensavo che, a differenza della maggior parte delle donne che ho conosciuto intimamente, Viola è davvero bella. Nel senso che non ti delude a distanza ravvicinata, come quasi tutti gli esseri umani, essendo indubitabile che piú o meno chiunque, quando te lo trovi a tanto cosí da te, perde qualcosa.

Viola no, Viola è bella sempre e in ogni condizione di luce, vestita e nuda, truccata e struccata, vicina e lontana. È bella quando cammina, quando gesticola, quando si siede, quando mangia e beve, quando esala dalla bocca il fumo della sigaretta che ha appena aspirato con quella sua tipica smorfia leggermente sofferta, quando ride e s'imbroncia, quando si accorge d'essere osservata e quando non lo sa.

Questa contemplazione mi ha un po' commosso (mi autocommuovo abbastanza facilmente, non so se s'è capito), cosí ho intonato il suo nome in modalità patetica mentre si pettinava furiosamente i capelli all'indietro con le dita.

Lei ha interrotto all'istante la manovra per voltarsi verso di me e dedicarmi la sua completa attenzione: gesto che mi ha fulmineamente ricordato una scena di *Jurassic Park 3*, in cui uno pterodattilo ruota il capo in direzione di Sam Neill e William H. Macy che si trovano a pochi metri di distanza, li guarda incuriosito e sembra che pensi: «Ehi, quasi quasi me li mangio».

Ho dato due pacche consecutive al posto vuoto accanto al mio.

– Vieni qua, – le ho dolcemente ordinato.

Ha ubbidito ma non si è seduta dove le avevo detto: s'è sfilata le ballerine usando gli alluci come perno, quindi m'è montata addosso con tutti i jeans e mi ha dato una nasata sul naso.

– Niente repliche, devo andare.

Le ho preso la faccia nelle mani e le ho schiacciato le guance una contro l'altra, come si fa coi bambini quando si ha voglia di testarne l'elasticità.

– Sei bellissima, – ho detto.

S'è tolta le mie mani dalla faccia come avrebbe fatto con gli auricolari dell'iPod.

– D'aaaccordo. Però mo' basta.

– Perché?

S'è alzata.

– Mi sposo, ricordi?

– Devi proprio?

– Aah, ma ti prego.

– Ehi, scherzavo.

– Sai qual è il tuo problema?

«Oh Dio santo, anche tu», ho pensato.

– No, quale?

– Prendi il sesso in maniera troppo drammatica.

«Vero», ho pensato.

– Eh? – ho detto.

– Rilassati. È stato bello, no? Non devi attaccarci per forza l'idea di un destino.

Mi sono tirato su per mettermi a sedere. Avessi avuto un taccuino me la sarei segnata, quella. Per divertirmi a cancellarla furiosamente alla prima occasione.

– Senti, – ha detto Viola tornando alla carica, presa

da un'incontenibile voglia di completezza, – adesso te la dico tutta. Io Giulio lo amo, sul serio. Cioè, perché non dovrei amarlo. Ma so benissimo che tra tre o quattro anni ci saremo rotti i coglioni di averci fra i piedi, e faremo un figlio prima di dichiarare fallimento. È l'accordo che tiene insieme le coppie da che mondo è mondo, e funziona perché non ci si dice come stanno le cose. Con te questo accordo non posso farlo, perché quando ci siamo conosciuti tu eri impegnato e io pure. Per quello siamo stati insieme, no? Quindi, che tu voglia ammetterlo o no, sappiamo come va a finire. Ci siamo detti la verità, io e te. Ecco perché siamo ancora qui, possiamo parlarci e fare anche altro.

– Ma siamo soli.

Ha alzato gli occhi al cielo e poi ha sbuffato.

– Mado', quando ti autocommiseri sei insopportabile.

Stavo per dire qualcosa quando mi sono sentito la sua mano sul pacco.

– Sta' zitto, adesso.

Figuriamoci se parlavo.

S'è tirata i capelli indietro, poi ha chinato la testa.

Se c'è una cosa davvero ammirevole in Viola, è il suo talento per la caduta di tono.

Quando piú tardi sono rimasto solo a crogiolarmi nei postumi della consolazione, m'è tornata in mente una cosa che mi ha fatto sganasciare dal ridere come se fosse successa il giorno prima.

Per un po', nell'appartamento accanto al mio, è venuta ad abitare una coppia che passava il tempo a litigare e a scopare.

Mettiamo che si chiamassero Polly e Ugo.

Questi Polly e Ugo litigavano sia prima che dopo.

Negli intermezzi, Polly era entusiasta. Tutto un: «Oo-oh, ssíííí!!», «No, resta!», ecc.

Ugo muggiva, ma non tanto.

Polly, a parte le recensioni in diretta, si abbandonava a degli acuti cosí intensi che dovevi trattenerti dal mollare un pugno sul muro perché la piantasse; infatti ogni tanto si sentiva un: «Shh!!» proveniente da Ugo, comprensibilmente imbarazzato dalla filodiffusione condominiale; ma il silenzio durava giusto il tempo dell'interruzione, perché appena la testata del letto ricominciava a incapare la parete, Polly ripartiva con il solfeggio.

A festa finita, roba di un quarto d'ora al massimo, si scornavano per delle autentiche miserie (ma proprio del livello: «Dove sono i miei calzini» – «Trovateli da solo»), per poi prodursi in un crescendo di accuse e recriminazioni che terminava con Polly che dava del ricchione a Ugo.

Seguiva una pausa incredula, quindi Ugo ribatteva con delle frasi da cui emergeva una spiccata vocazione alla metafora, tipo: «Non mi sembrava la pensassi cosí mentre t'inchiappettavo»; e Polly: «Sei ricchione lo stesso».

Al che Ugo non apriva piú bocca.

Questo sconcertante dialogo s'è ripetuto una mezza dozzina di volte (una mia amica, ch'era da me una sera, ebbe una crisi di riso che degenerò in un singhiozzo convulsivo tale da costringerla a infilare la faccia in una busta di plastica per respirare il suo stesso fiato nella speranza di autosedarsi; manovra che non so chi le avesse consigliato, e che peraltro non riuscí), e ogni volta, ma proprio sempre, quando Polly confermava la sua opinione alla faccia dell'amplesso, Ugo smetteva di rispondere.

Quello che faceva piú ridere al di qua del muro era il non capire se quello di Ugo fosse un silenzio-assenso o un aristocratico sottrarsi a un dibattito che aveva smarrito ogni logica.

Piú volte, incrociando Polly nel portone, mi sono trattenuto dal dirle che non sapevo esattamente cosa intendesse con quel concetto ma che comunque, indipendentemente dal fatto che ci fosse del vero o no, trovavo che quella fosse la battuta di dialogo piú strepitosa che avessi mai sentito.

E adesso perché accendi la tv, che non ne hai neanche voglia?

Veramente non accendo quasi mai la tv per voglia e... oh, ma che domande sono? L'accendo e basta. Devo dare per forza un senso a tutto quello che faccio? Fra un po' mi scappa da pisciare, che dici, mi chiedo perché piscio?

Figurati. Era cosí per dire.

Ma tu guarda se mi lascio in pace.

Senti un po', ma da cosa pensi che derivi questo atavico senso d'inferiorità che ti porti dietro nei confronti delle donne e t'impedisce di rapportarti a loro in maniera per cosí dire orizzontale, semplicemente dando e prendendo?

Direi riconoscenza, piú che inferiorità.

Da cosa pensi che derivi questo atavico senso di riconoscenza che ti porti dietro nei confronti delle donne e t'impedisce di rapportarti a loro in maniera per cosí dire orizzontale, semplicemente dando e prendendo?

A pensarci meglio, forse sarebbe piú corretto parlare d'inferiorità.

Da cosa pensi che derivi questo atavico senso...

Oh! E basta!

Ma perché non vuoi rispondere?

Ma perché non te ne vai aff... noo, non è possibile, *ancora*?!?

Eh, va be', cambia discorso, tu.

Ma come, lo fanno un'altra volta? Non ci credo!

Ma che dici? E cosa ti schiaffeggi la coscia, adesso?

Ma ti rendi conto? *Una poltrona per due*! Ogni cazzo di Natale, lo fanno! Ma sempre!

Ah, quello con Eddie Murphy e Dan Aykroyd, dove lo straccione nero prende il posto del manager bianco per via della scommessa dei due vecchi finanzieri stronzi e poi c'è anche Jamie Lee Curtis che fa la puttana e s'innamora di…

Eh, non c'è bisogno di ripetere la trama, conosco le battute a memoria.

È ambientato a Natale, perciò continuano a programmarlo.

Ho capito, ma non mi sembra una buona ragione per mandarlo *ogni cazzo di Natale*. Anche perché ci sono altri film di ambientazione natalizia, no? Ci dev'essere una clausola vessatoria scritta da qualche parte che obbliga le televisioni italiane a trapanare i coglioni del pubblico durante le feste con questo film qui fino alla fine dei tempi, ne sono sicuro.

Però, che domande alte ci facciamo.

Sono quelle che mi piacciono.

E la mia di prima no?

Uhm… 'somma, non è che il senso d'inferiorità nei confronti delle donne sia una patologia cosí rara. Siamo abituati fin da piccoli a sognarle, idealizzarle, metterle in cima alla lista dei nostri desideri. Ai primi accenni di pubertà cominciamo a toccarci pensando a loro, rendendole protagoniste delle sceneggiature piú fantasiose. Le scritturiamo per ogni genere, dalla commedia al thriller, dall'horror alla fantascienza (anche se abbiamo una certa predilezione per il neorealismo, la verità). Quando poi ce le troviamo di fronte, facciamo qualsiasi cosa purché ci prendano in considerazione. Fingiamo di trattarle come esseri umani, ma sappiamo benissimo che non lo sono. Soprattutto, lo sanno loro. Il vantaggio di cui godono è inarrivabile.

Bell'analisi, ma non è quello che volevo sapere.

Allora cosa?

Parlavo di un evento scatenante, come sai benissimo.

Ah, quello.

Eh, quello.

Se ci ho scritto anche un racconto, una volta.

Quello dell'imprinting?

Quello dell'imprinting.

Il ragazzo, capelli ricci umidi e occhialini alla Gramsci, camicia abbondante stropicciata e jeans con le toppe alle ginocchia, se ne sta seduto sul davanzale della finestra al piano terra, tra un gruppo di bambini che gioca a rincorrersi in cerchio e una signora sfatta in costume da bagno che s'insapona i capelli sotto la doccia comune del complesso di palazzine semiabusive dove i suoi zii hanno preso in affitto una casetta per l'estate.

Il juke-box del bar all'angolo suona *Tutto quel che voglio, pensavo, è solamente amore*. Il ragazzo la ascolta con gli occhi socchiusi, assecondando una sorta di nobile dolore che immagina racchiuso nel testo di quella canzone che s'è convinto d'aver capito meglio di chiunque altro che pure la conosca e l'ascolti, fino a contrariarsi quando qualcuno la seleziona nel juke-box e la canticchia, accedendo a un senso che non può capire e perciò non merita. Lo capirà lui, e prima di quanto si aspetta, quante stronzate e verità raccontano le canzonette.

Nella piccola cucina alle sue spalle, sua zia frigge fiori di zucca mentre, dalla sdraio su cui si stravacca ogni sera a quell'ora, il marito, in canottiera, pantaloncini e ciabatte di sottomarca – praticamente un'installazione –, le dice di piantarla che non sente la tv.

Quando si accorge della ragazza che arriva dalla spiaggia,

il ragazzo capisce subito che è da lui che sta venendo. Ci sarà una ventina scarsa di metri a separarli, e i loro occhi trovano una perfetta coincidenza lineare nell'aria limpida.

Il ragazzo la guarda una volta, un'altra, quindi ficca la testa nelle spalle come una tartaruga nella corazza.

Lei avanza col passo deciso di chi sa esattamente cosa vuole, come camminasse su una passerella (una metafora del rapporto uomo/donna, penserà lui dopo molti anni e molti libri, anche se l'intuizione non gli risulterà particolarmente utile).

Il ragazzo non ne è ancora pienamente consapevole, ma si trova nel mezzo di un conflitto fra realtà e immaginazione, dove per una volta è la prima a prevalere sulla seconda, concretizzando l'impossibile.

Mentre lei, senza nessuno sforzo, annulla la distanza che li divide, compiendo in una sola volta un lavoro che lui continuerà faticosamente a svolgere per tutta la vita senza neanche riuscirci del tutto, il ragazzo la rivede il giorno prima, sconosciuta e bellissima, stendere il costume da bagno sui fili metallici del balcone di casa. S'era trovato a passare là sotto in compagnia dello zio, che da bravo rattuso gli aveva rifilato una gomitatina al braccio, di quelle che devi ridacchiare per forza.

«Sí, sí, l'ho vista», gli aveva detto senza ricambiare la lascivia.

E sí che l'aveva incrociata tante volte prima di allora ma lei niente, mai un'occhiata, un cenno di saluto, un vago segno d'interesse. E adesso eccola qui che arriva, meravigliosa contraddizione della sua stessa indifferenza.

Impossibile, pensa lui. Non t'illudere. Toglitelo dalla testa. Si esibirà in una virata acrobatica all'ultimo momento, disegnerà un angolo perfettamente retto a un metro e mezzo da me e andrà dritta verso la moto di uno che arri-

verà con stupefacente tempismo a togliermi questa splen-
dida illus...

– Sto andando al supermercato, vuoi venire con me?

La voce di lei gli ha troncato il finale del concetto, po-
sandosi sul suo orecchio sinistro con la delicatezza di un
batuffolo.

Il ragazzo si volta. La vede deforme, tanto è vicina.

– E dove... dove sarebbe, il supermercato? – chiede da
autentico deficiente, cercando di tenere a freno il tremore
che gli ha assalito le labbra.

– Qui vicino, – fa lei sollevando il braccio sinistro; ma
non riesce a completare il gesto perché lo zio del ragazzo,
che ha appena assistito alla scandalosa avance, disgusta-
to dall'inettitudine del nipote, si alza dalla sdraio, lo raggiunge alle spalle e gli molla un pacchero sulla nuca cosí
forte che per poco il ragazzo non stramazza dal davanzale.

– E vai, no?? – dice, omettendo l'appellativo che il ragazzo coglie perfettamente, e stavolta addirittura condivide.

– Ah, ah, che testa, mio zio, – commenta, cercando di
ricomporsi.

Lo zio guarda la ragazza e scuote la testa come a scu-
sarsi. Lei, a metà fra una gatta e un cobra, rivolge al ragazzo un sorriso malizioso, e finalmente si avviano insieme, pedinati dagli occhi dello zio che stramaledice i suoi
anni, la panza che gli sforma la canottiera, la famiglia a
carico e la frustrante consapevolezza d'essere escluso da
una modernità stupendamente evoluta in cui sono le donne a provarci con gli uomini.

Escono dal complesso delle orribili palazzine e prendono
la strada parzialmente asfaltata che porta alla via dei negozi.

Lui fatica un po' a stare dritto, ma poi ci riesce. Lei ha
quella disinvoltura vagamente sbracata di chi non deve di-

mostrare niente a nessuno. Manda uno splendido odore di femmina e di abbronzante, un po' bruciacchiato. I passanti che li incrociano li guardano. Al ragazzo sembra che guardino soprattutto lui, domandandosi cos'abbia piú di loro.

Parlano un po'. Parla lei, per la verità. Lui le dà ragione, spappagalla la coda delle sue frasi, le convalida i pensieri, mostra interesse e partecipazione a ogni cosa che dice. E lei dice un sacco di cose. Parla dei fatti suoi, di quanto detesti la cittadina dove abita, di quanto siano provinciali i suoi abitanti e di come non veda l'ora di andarsene a studiare fuori. Si fa dei gran complimenti. Che palle 'sto posto, aggiunge, già che c'è. A quest'ora dovrei essere in Marocco. Se non fosse per mio padre, guarda, è proprio uno stronzo. Lui dice sí. Lei lo guarda un attimo, sorvola e ricomincia che non l'ha mai capita, mentre con la madre è tutta un'altra cosa. Lui dice che anche per lui è lo stesso. Lei manco lo sente, e aggiunge che il padre non la pianta di romperle i coglioni con la storia che deve rientrare a una certa ora perché se no la gente cosa pensa.

– Ma va', – dice lui.

Una bambina con la faccia da delinquente, probabile figlia d'arte, lanciata a impressionante velocità su una bici a rotelle, li manca per un pelo.

– Guarda questa, – fa lui arrossendo.

E si volta verso la piccola che continua a pedalare come un'ossessa spazzando la strada nel piú totale disinteresse degli ostacoli che incontra. Vorrebbe che la ragazza ricambiasse il suo scandalo almeno con un'alzata di spalle, un cenno anche vago d'intesa; invece lei si limita a lanciare uno sguardo a quel pericolo pubblico a due ruote e due rotelle ma cosí, come a un palo della luce, un topo morto, e riprende a camminare, attenta a non perdere il filo del comizio.

Il ragazzo allunga il passo e, anche se un po' goffamente, si accorda al suo.

– Se mio padre sa che sto con il mio ragazzo, – dice lei, – è chiaro che sa pure che ci faccio *determinate cose*, col mio ragazzo.

– Eh, – dice lui, – chiaro.

– E allora, – domanda lei polemicamente, addirittura fermandosi per sottolineare il concetto, – se lo sai, perché fai l'ipocrita?

Il ragazzo allarga le braccia e le fa cadere sui fianchi, poi non sa cosa farne e le lascia lí, continuando a trascinarsi come una specie di gibbone.

– Che vuoi, – commenta, – sono cosí.

– Che significa «sono cosí», – lo infilza lei prontamente.

Lui sente in faccia la vampa del proprio sangue.

– Allora? – dice lei fermandosi di nuovo e assumendo una posizione filomilitare.

– Allora cosa, – domanda lui nel panico totale.

– Che significa «sono cosí»: mi stai forse dicendo che dovrei accettare i pregiudizi piccolo borghesi di quello stronzo di mio padre?

«La mia boccaccia schifosa», pensa lui.

– Ma figurati se intendevo questo. È solo che mi sembra una guerra senz'armi. Che caldo, eh?

E si sventola un po' con la mano a paletta.

– Una guerra senz'armi, – ripete lei mentre segue quell'immagine facendo vagare lo sguardo nell'aria. E riprende a camminare.

«Lascia fare», pensa lui.

Passano la serata insieme. Prima al supermercato, dove lei non trova l'olio solare che cerca e dopo un'accurata riflessione ripiega su del comune olio d'oliva, poi di nuovo a spasso (altra stroncatura dei pregiudizi paterni, secondo incontro con la baby-killer che ora strepita in un dialetto paleolitico, trascinata dal padre che le ha appena sequestrato la bici), infine al tavolino di un bar. Lei parla come una radio libera, fumando una Marlboro dietro l'altra. Lui non riesce a dire quasi niente.

Quando si alzano dal tavolo, lei lo informa che i suoi torneranno tardi.

«Oh mio Dio», pensa il ragazzo.

Sulla via del ritorno, lei non parla. Lui crede che quel silenzio significhi quello che spera e cosí lo ricambia, domandandosi da dove sarà che si comincia, in quei momenti lí. Il terrore gli corre lungo la schiena, ma confida che poi tutto verrà da sé.

Arrivano sotto casa di lei. Si fermano ai piedi della scala esterna. Dal juke-box all'angolo finisce *Tu, dabadàn dabadàn* e ricomincia *Tutto quel che voglio, dicevo*.

Lei lo guarda con inspiegabile tristezza.

Lui pensa, con un brivido di fiducia nel destino, che anche lei deve conoscere quel piccolo dolore che fa sentire cosí diversi.

– Che faccio, salgo? – le chiede dopo aver provinato mentalmente la domanda qualcosa come ventidue volte di seguito.

Lei abbassa lo sguardo, lo rialza piano fino ai suoi occhi, accenna un sorriso, poi lo prende per il bavero della camicia, lo tira a sé e lo bacia, tenendogli la testa come un trofeo.

Lui fa del suo meglio.

Quando la ragazza si stacca, lui pensa che i baci finiscono sempre quando si vorrebbe che continuassero.

– Buonanotte, – dice lei con tenerezza.

E prende lentamente le scale.

Lui s'appoggia alla ringhiera e la guarda.

Dovrebbe seguirla? Chiederle di restare ancora un po'? Aspettare che infili la chiave nella porta e solo allora precipitarsi su di lei, assalirla sapendo che è questo quello che vuole, chiudersi la porta alle spalle e fare l'amore lí, su quelle orride piastrelle arancioni di quei deprimenti trilocali in serie?

Ovviamente, non fa nulla di tutto questo. E nemmeno altro. Non fa proprio niente. Torna a casa degli zii (dormono) e muovendosi al rallentatore, con un sorriso ebete stampato in faccia, si stende sul letto e circa tre ore piú tardi si addormenta.

La mattina dopo la rivede al bar. È seduta a un tavolino con altre due ragazze, che chiacchiera e ride.

Si avvicina con andatura da nuotatore, scalzo, i capelli bagnati, il telo su una spalla, tenendo a bada il cuore che gl'impazza fin dentro le ginocchia. Le passa davanti, diretto al juke-box.

Lei alza la testa.

– Ehi, – le dice.

– Ciao, – risponde lei come se un po' le costasse.

E riprende a conversare allegramente con le amiche.

Il ragazzo si mette di spalle, infila cento lire nel juke-box e seleziona il brano, che parte con un violento fruscio.

Dopo un po' sente il rumore delle sedie che si spostano, le ragazze che raccolgono le loro cose e se ne vanno. Aspetta ancora un minuto e si volta.

Nel posacenere c'è un mozzicone fumante. L'unica cosa che si muove, fra i tavolini del bar. Da non molto lontano viene la voce di una mamma che ripete al suo bambino che non se ne parla neanche di tuffarsi, visto che ha fatto colazione da poco.

Il ragazzo si toglie l'asciugamano dalle spalle, lo piega

in due, se lo assesta sotto un braccio a mo' di cartellina; poi, come azzoppato, esce sullo spiazzo antistante.

Guarda di là, poi di qua. Il sole brucia.

Inspira profondamente, poi si avvia lungo la discesa che porta alla spiaggia.

Zappando col telecomando, finisco su un telegiornale che dà la notizia di un duo di bambocci viziati beccati a filmarsi col telefonino mentre costringono un compagno di scuola alto la metà di loro a mangiare un pezzo di gesso.

Non è che nelle scuole ci sono telecamere nascoste: sono proprio loro, i bulli, a filmare questi corti di arance meccaniche di miserabili e a metterli in rete (tanto vale portare le carte d'identità direttamente in questura).

Non posso farci niente, mi monta dentro un dialogo immaginario con 'sti bulli e gli dico Ehi, ma che bulli siete? Non vi fidate dell'oralità? Avete paura che la credibilità delle persecuzioni che andate infliggendo ai piú deboli non regga il passaparola? Che fine ha fatto la reticenza della vittima? Non lo sapete che è su quella che si costruisce la vostra reputazione? I bulli tramandano leggende, mica documentari. Entrano nell'immaginario per traumatizzarlo, non si mettono in mostra come baldracche da Facebook. E poi cos'è questo narcisismo accattone che non vi fa trattenere dal girare filmetti senza un minimo di trama che vanno subito al punto? Vi fate le pippe, bulli?

Poi la notte m'è apparsa sullo schermo dell'iPhone. Camminavo per strada, non so dov'ero e chissà dove andavo, la strada non l'avevo mai vista. C'era quella tipica atmosfera irreale di quando sai che sta per succedere qualcosa.

E infatti m'era arrivata un'email.

C'era un allegato, l'avevo aperto.

Una pagina internet, con un banner che lampeggiava. Non leggevo né vedevo bene, cosí ho dovuto ingrandire l'immagine pizzicandola al centro e poi dilatandola con la punta delle dita. Allora s'è formato il viso per metà ed era lei, il neo accanto alla bocca mi ha trafitto come una punta d'infarto.

Nello spazio vuoto accanto alla faccia hanno cominciato a comporsi delle lettere.

E lei è diventata cosí triste.

Ho letto.

Io non sono felice, dicevano le parole.

Ma tu sei davvero una merda.

Santo Dio, e falla finita. È piú di un'ora che ti rigiri, chiamiamo l'esorcista?

Se mi alzo bevo.

Bere alle tre di mattina: questa sí sarebbe una grande idea, guarda.

E cosa dovrei fare, accendere la tv e vedermi una bunga bunga girl in perizoma che mi chiede di chiamare il numero in sovraimpressione? Mettere un film? (Quella del film è in assoluto la soluzione peggiore. Solo l'idea mi fa venire la nausea).

Since you've gone I've been lost without a trace | I dream at night I can only see your face...

Finiscila.

Sta' a sentire, ci sono tre modi per affrontare il problema. Uno, sali sul terrazzo condominiale e ti butti di sotto. Due, te ne fai una ragione.

E il terzo?

Ci sto pensando.

Be', pensaci. Io intanto mi ribalto ancora un po'.

Perché invece non mi dai una mano a cercare l'opzione Tre?

È questa l'opzione Tre, imbecille.

Cazzo, è vero.

Ma dico io, è possibile che non riesca a mettermi d'accordo neanche quando soffro? Di solito uno dice: Sto male, e aspetta che passi. È cosí che funziona, giusto? Perché devo continuare a rimuginare anche quando mi arrendo alla sofferenza?

Perché non ti arrendi affatto, questa è la verità. Tu soffri, ma non lo accetti.

Non ce l'ho il gusto dell'espiazione, che vuoi farci.

Potresti non drammatizzare cosí.

Giusto, potrei farci una commedia. Era solo una questione di generi, perché non ci ho pensato prima?

Stai soffrendo, vuol dire che hai vissuto.

Aah, bellissima questa. Sai dove me la infilo la tua retorica?

Be', perché? Non è meglio fare capitombolo che rimpiangere di non aver vissuto?

Come hai detto, scusa?

Ho detto: Non è meglio fare cap...

'spetta un momento.

Ma che fai, canti?

Il brodo è tanto buono ma...

No, eh?

Se non c'è il prezzemolo, che sapore ha?

Ti prego, non ne usciamo piú.

Sta' zitto.

Oh santo Dio, accendi il computer, adesso? Facciamo l'alba, cosí.

Il grande successo ottenuto da *Chissà se va* (1971, di Castellano-Pipolo-Pisano) è da attribuirsi – oltre che all'efficacia del motivo della canzone, un pezzo di matrice bandistica che s'inchioda nella testa fin dal primo ascolto – alla scelta del brano come sigla d'apertura di *Canzonissima 1971*, il celebre spettacolo musicale abbinato alla lotteria di Capodanno presentato da Corrado e Raffaella Carrà (special guest, il compianto Alighiero Noschese) con la regia di Eros Macchi e le coreografie di Gino Landi: edizione particolarmente acclamata dagli italiani in cui Raffa, mostrando in scena l'ombelico come già aveva fatto l'anno precedente ottenendo un vero e proprio plebiscito di pubblico, lanciava l'altro, famosissimo hit single *Tuca tuca* (1971, di Boncompagni - Pisano), spiritoso e raffinato tributo alla poetica del petting, di cui resta scolpita nella storia della televisione italiana un'indimenticabile performance con Alberto Sordi nel ruolo di ballerino-spalla.

Chissà se va è un inno al coraggio di vivere, un manifesto fatalista impregnato di un ottimismo tutt'altro che passivo, che incita ad approfittare delle occasioni che la vita ci offre senza paura di farci del male, anzi accettando il fallimento come effetto collaterale di un rischio che vale comunque la pena di correre:

Chissà se va
Chissà se va
Chissà se va
se va
Ma sí che va
Ma sí che va
Ma sí che va
che va
E se va se va se va
tutto cambierà
Forza ragazzi, spazzola
e chi mi fermerà

La prospettiva del fallimento, la paura di non farcela, quel groviglio di terrori oggi noto come ansia da prestazione (espressione coniata in ambito psicosessuale ma applicabile a ogni campo dell'umano timore); il macigno psicologico che annichilisce lo spirito, attanaglia l'intraprendenza e vuole lasciarci lí dove siamo, rassegnati a una condizione in cui nulla può farci del male perché nulla ci accade, è una zavorra di cui liberarsi per principio. La vita va presa, usata, spesa: al limite sprecata.

Il testo ha la struttura sintattica del battibecco, una sorta di diverbio puerile fra strofe che si contraddicono («Chissà se va» – «Ma sí che va»), dove è la seconda a volere capricciosamente l'ultima parola, opponendosi in maniera sistematica allo scetticismo della prima, quasi che la canzone fosse stata scritta per dar torto al titolo.

E chi se ne frega se poi non va: ecco il corollario della teoria del buttarsi, dell'imperativo categorico dell'andare. Facciamo (viviamo): è questo che conta. Forse, ancor piú del riuscire. E impariamo ad affrontare con la giusta dose d'indifferenza (e perché no, di superiorità) il dolore che ci procureremo lanciandoci nella vita: ci sarà un'altra occasione pronta a risarcirci del fallimento.

> Se non va non va non va
> c'è una novità
> Sai quanto me ne importa
> che me ne importa a me
> per una che va storta una dritta c'è

Se dunque è vero che il fare conta piú del riuscire, e il coraggio di vivere è una militanza piú che un talento, è proprio nella contrarietà e nel problema che la vita mostra il suo lato migliore.

Sotto questo aspetto, *Chissà se va* sdogana con impressionante anticipo una categoria naturalmente osteggiata dal pensiero comune, e che soltanto dodici anni dopo Vasco Rossi impiegherà provocatoriamente in uno dei suoi piú grandi successi, *Vita spericolata*: quella del guaio.

Ecco cosa cantava il vecchio Vasco nel 1983 (il pezzo, peraltro, concorse al festival di Sanremo di quell'anno, provocando lo sconcerto del pubblico piú tradizionalista e, in particolare, una feroce critica del giornalista Nantas Salvalaggio):

> Voglio una vita che non è mai tardi
> di quelle che non dormi mai
> Voglio una vita
> la voglio piena di guai

Il guaio, nella celebre (e tanto bella) canzone di Vasco Rossi, dunque, non è iattura ma occasione, arricchimento, contingenza eversiva che rompe la monotonia della vita e spinge l'individuo a mettersi in gioco, affrontare l'imprevisto, fare i conti con se stesso, misurare la propria capacità di esperire, inventare, gioire, soffrire, rischiare, scommettere, conoscere: in una parola (appunto), vivere.

È nel tirare fuori il guaio dal pantano del pregiudizio sociale e assegnargli un valore pieno; nel liberarlo dalle grinfie della superstizione e annetterlo alla categoria della libertà che *Vita spericolata*, sul piano letterario prima ancora che musicale, si distingue come una classica rock song destinata alla vita eterna. Chiunque l'abbia sentita anche una sola volta, è quella strofa che ricorda. *Vita spericolata* è il pezzo che ci ha insegnato a non aver paura dei guai e addirittura ad augurarceli. È una canzone che ha baciato il lebbroso, come *Bocca di rosa* o *Via del Campo*.

Ma sentite cosa cantava Raffaella Carrà, dodici anni prima, in queste strofe di *Chissà se va*:

> Il brodo è tanto buono ma
> se non c'è il prezzemolo, che sapore ha?
> La vita è tanto bella ma
> se non ci sta il coraggio
> non è saporita senza un po' di guai
> meglio un capitombolo che non provarci mai
> Restare fermi non si può
> mi butto nella mischia
> seguitemi un po'

Il guaio, insomma, già nel 1971 cominciava a cacciare la testa fuori dal sacco, raggiungeva il grande pubblico, trovava ospitalità nella sigla del programma televisivo di maggior successo quando la televisione era ancora in bianco e nero. Solo che nessuno, all'epoca, gridò allo scandalo. Nessun giornalista si alzò in piedi per additare Raffa come portatrice di un messaggio diseducativo o almeno discutibile sul piano etico. Nessuno trovò sconveniente la comparsa del guaio a *Canzonissima*. Molto piú banalmente (benché sorprendentemente), nessuno ci fece caso.

Eppure, il contenuto di *Chissà se va* e di *Vita spericolata* è sostanzialmente lo stesso. Come non attribuire, perciò, al profilo artistico di Raffa, ed esclusivamente a quello, la sterilizzazione culturale di un concetto che dodici anni dopo (neanche cosí tanti, in fondo) avrebbe scioccato (nel bene e nel male) il pubblico e la critica, assegnando a Vasco Rossi la definitiva reputazione di rocker maledetto? Perché la stessa sorte non è toccata a Raffaella Carrà?

Semplice: per la sua naturale attitudine (come in *Rumore*, *Forte forte forte*, *Tanti auguri*, *Tuca tuca* e molti altri brani) a far passare i contenuti piú scomodi senza neanche bisogno di occultarli con la metafora. Per la sua capacità di garantire personalmente per le canzoni. Finendo cosí per anticipare i tempi, fregandosene anche di rivendicarne il merito.

Quando, alle sei di mattina passate, chiudo l'instant su *Chissà se va*, sono abbastanza soddisfatto del mio lavoro da sentirmi in diritto di dormire un po', ed è quello che faccio, infatti.

Alle nove mi sveglio con una voglia incontenibile di dolce che ascrivo senza indugi alla malinconia urticante che come ogni mattina da almeno un anno a questa parte inizia a lavorarmi da lontano e che, per quanto stia cercando d'ignorarla, sta già disilludendo le mie speranze di una giornata almeno sopportabile.

Siccome a casa non ho niente, tranne un barattolo di Nutella che però mi guardo bene dall'assalire a cucchiaiate (attività che ho sempre considerato al pari dell'attaccarsi alla bottiglia), opto per una colazione completa al tavolino di uno dei bar del centro, dove immagino di accomodarmi nella forma piú compassata che potrò, servendomi anche di un giornale che ho intenzione di comprare a scopo scenografico per darmi un tono mentre sorseggerò un cappuccino; quindi investo in una lenta doccia che nelle mie intenzioni dovrebbe funzionare da rigenerante umorale (chiamiamolo pure stretching psicofisico), mi vesto facendo anche una certa attenzione cromatica ai panni che scelgo, e finalmente esco di casa.

Di lí a poco, mentre, preceduto da una vecchietta claudicante e tuttavia (lo sento, lo vedo) molto piú allegra di me, attraverso una delle vie principali che portano all'isola pedonale, intercetto lo sguardo praticamente cieco di un giovanotto multitasking, al telefonino e al volante di una Smart.

L'imbecille (che sia un imbecille è dimostrato – oltre che dal taglio di capelli che porta – dalla qualità della distrazione con cui guida) è cosí teletrasportato dalla conversazione cellulare da avere totalmente escluso dal proprio visus la vecchietta che, dal centro delle strisce pedonali, gli chiede la precedenza sollevando il braccio destro.

Sono appena dietro di lei quando realizzo che l'ultima cosa che l'imbecille farà sarà frenare – dettaglio di cui la signora, già disorientata dalla faticosa manovra di attraversamento, non ha alcuna consapevolezza (i vecchi tendono a nutrire una sconfinata fiducia nella buona fede dei giovani). L'afferro per le braccia e la tiro a me, impedendo che venga investita per una pura questione di centimetri. Non sto neanche a descrivere l'agghiacciante naturalezza con cui l'imbecille, continuando a parlare al telefono, si allontana verso il futuro senza dare il minimo segno di coscienza.

Mentre scorto la vecchietta sull'altra sponda, rifletto lí per lí – al netto dell'irresponsabilità degli imbecilli come quello che se l'è appena cavata – sull'inquietante fenomeno, tutto moderno, dello spostamento automatico delle funzioni cerebrali quando il telefonino ordina. Perché sono proprio episodi come questo che dimostrano quanto la tecnologia sia riuscita ad annettersi la diretta delle nostre vite. Quanto ormai la realtà vada in differita rispetto alla sollecitazione tecnologica. Quanto poco impieghiamo a disconnetterci dal mondo sensibile per ubbidire allo squillo del cellulare, dandogli la precedenza assoluta su qualsiasi attività corrente. Come un nuovo richiamo della foresta, a cui è impossibile sottrarsi. Questa mutazione della percezione del tempo, questa doppia velocità del vivere a cui ci siamo abbandonati consapevolmente, scoprendoci ogni giorno un po' piú nevrotici, s'è compiuta in modo capillare, in un'acquiescenza di cui abbiamo finto di non essere al corrente. Ce ne accorgiamo di tanto in tanto, inciampando nella realtà che viene a ricordarci dove siamo. Magari stampandoci su un platano mentre con la mano colpevolmente libera cercavamo un numero nella memoria dell'iPhone.

Porto in salvo la vecchietta, alla quale devo raccontare l'accaduto cercando anche di essere convincente. Lei non deve ritenermi molto attendibile, a giudicare da come continua a controllarsi la borsetta. Per fortuna, una negoziante che ha assistito alla scena viene a testimoniare in mio favore, liberandomi dall'imbarazzo e permettendomi di andare in pace.

Procedo, ma presto m'imbatto in un ingorgo pedonale sul marciapiede. Ogni tanto capitano, questi inceppamenti motorii, per cui fra i passanti si diffonde un'inspiegabile lentezza che li porta a mettersi in fila invece di camminare, aspettando non sanno neanche loro cosa. Allora guizzo fra la gente (qualcuno mi guarda con un accenno di riprovazione, come giudicasse sconveniente che gli passi davanti), e dopo due o tre zigzagate riguadagno il mio spazio. In effetti, quello che cerco (me ne rendo conto adesso) è una via di scampo.

Poco dopo passo davanti a quello che fino a una ventina d'anni fa era il piú grande cinema del centro, attualmente in ristrutturazione. Non so cosa ci faranno, un albergo forse, o un supermercato. Da un po' i lavori procedono di buona lena, e dopo aver sventrato l'immobile dall'interno sono passati alla facciata.

Mi fermo e m'incanto, raggiunto da un'intuizione che si definisce man mano che gli occhi si riempiono. Lo scorticamento in atto ha dato luogo a una riesumazione progressiva di locandine risalenti ad anni lontani e lontanissimi, una sorta di déjà vu multiplo prodotto per ricognizione iconografica.

Rimango sbalordito dall'emersione del manifesto dell'*Uomo dalla pistola d'oro*, uno dei primi James Bond interpretati da Roger Moore (fu proprio qui che lo vidi, infatti). Il taglio basso del poster, col titolo del film e l'indicazione sintetica del cast artistico e tecnico, è rimasto pressoché intatto. La zona superiore è invece contesa da brandelli di altre locandine, parole monche (l'alfabeto dopo la centrifuga), fisionomie hollywoodiane ancora intuibili benché bruscamente mutilate da una violenta lacerazione o dalla sovrapposizione di un'altra immagine.

Sono di fronte a un'opera d'arte spontanea, a un passato sottovuoto rappresentato per strappi, miscugli e frammenti, a una metafora cartacea della memoria affettiva, composta d'integrità e amputazione, di pezzi ancora sani e di altri irrecuperabili.

Allora succede che questa scoperta, invece di darmi piacere, mi travolge. Come se i detriti del passato che ho di fronte mi trascinassero all'indietro.

Mi sa che non ce la faccio da solo.

Tiro fuori il telefono. Chiamo il cellulare, non lo studio.

La linea è libera.

Capirei, se non rispondesse.

Invece risponde.

– Salve dottore, sono…

– Lo so chi è, ho il numero in memoria.

Sapevo che avrebbe usato questo tono.

– La disturbo?

– No.

– Ecco, io, ehm, volevo dirle che credo avesse ragione.

– Cosa le è successo?

Prendo un po' d'aria.

– Niente, è questo il problema. È rimasto tutto lí.

Non risponde.

Non so perché, ma il suo silenzio mi conforta.

– Dottore?

– L'aspetto mercoledí, Vincenzo.

MELANCHOLIC PLAYLIST

Rumore (Ferilli - Lo Vecchio)
© Warner Chappel Music Italiana s.r.l.

Tuca tuca (Boncompagni - Pisano)
© Universal Music Publishing Ricordi s.r.l.

Forte forte forte (Malgioglio - Bracardi)
© Universal Music Publishing Ricordi s.r.l.

Tanti auguri (Boncompagni - Ormi)
© Mascheroni Edizioni Musicali s.r.l.

Chissà se va (Castellano-Pipolo-Pisano)
© Universal Music Publishing Ricordi s.r.l.

Piano piano dolce dolce (Migliacci - Mattone)
© Universal Music Publishing Ricordi s.r.l.

Every Breath You Take (Sting)
© Emi Music Publishing Italia s.r.l.

I'm So Happy I Can't Stop Crying (Sting)
© Emi Music Publishing Italia s.r.l.

Vita spericolata (Vasco Rossi)
© Warner Chappel Music Italiana s.r.l.

Synchronicity (Sting)
© Emi Music Publishing Italia s.r.l.

Allora

Hanno lavorato con me a questo libro:

Dalia Oggero – editing, neuroni in comune, telefonate a manetta, sopportazione lamenti, entusiasmo.

Paola Gallo – editing a latere con «P» cerchiata sulle bozze, pareri pro veritate.

Marco Peano – supervisione, impaginazione, consigli, gradite pulci.

Ringrazio poi zio Flash per le traduzioni che gli commissiono gratis via sms a qualsiasi ora e Stefano Giuliano per la consulenza musicale su *Chissà se va*.

Ringrazio «Il Mattino», la mia palestra settimanale da piú di dieci anni.

Non dovrei neanche stare qui a dirlo, ma la strofa cantata dalla voce della coscienza di Vincenzo in *Segue dibattito* è tratta da *Every Breath You Take* dei Police. Quella in epigrafe, da *I'm So Happy I Can't Stop Crying* di Sting. Di questo pezzo, per chi fosse interessato, è disponibile in commercio una gran bella interpretazione di Toby Keith.

D. D. S.

Indice

169

*Stampato per conto della Casa editrice Einaudi
presso Mondadori Printing S.p.a., Stabilimento N. S. M., Cles (Trento)
nel mese di ottobre 2011*

C.L. 20958

Ristampa   Anno

0   1   2   3   4   5   6   2011   2012   2013   2014